序 言

英文試題中出現的成語，由於範圍廣泛，再加上許多成語非常類似，容易混淆，同學準備時，常常花過多的時間，卻沒有任何的效果。

「英文成語公式」（Formulas of English Idioms）就是針對您的需求而編成。本書將最重要的成語依其**用法**及**結構**，分類歸納爲**四大類、八十條公式**。每條公式之下列有結構相似的成語及其例句，使您閱讀時能**觸類旁通，背得輕鬆，記得牢固**；例句精闢具代表性，是翻譯、作文的最佳範例。在每條公式之後，並附有練習，蒐集了國內各大考試試題菁華，哪些成語出現頻率最高，一目了然。

本書書末列有詳盡的索引，讀者在背完全書後，可利用它作總複習。如果碰到不熟悉的成語，依其所指示的頁碼，很快便能找到，盼讀者多加利用。

本書能順利完成，要感謝蔡琇瑩老師的協助，以及白雪嬌小姐設計封面，黃淑貞小姐、蘇淑玲小姐負責打字、排版。您的滿意是我們的責任，本書雖然經過多次審慎校對，仍恐有疏漏之處，希望各界先進不吝批評指教。

編者 謹識

本書採用米色宏康護眼印書紙，版面清晰自然，不傷眼睛。

CONTENTS

第3章 形容詞用法的成語

第4章 其他用法的成語

第 1 章

副詞用法的成語

● 公式 *1* ●

《 as + 名詞 》
as a rule 型

　　as 當介系詞用時，作「擔任；視為」解。如 as a rule（視為一種規則⇨通常）；as a whole（視為一個整體⇨就全體而論）。本公式中，as a result, as a matter of fact 和 as a rule 都是聯考常出現之成語，務請背熟。

☑ **as a rule**
通常；一般說來

I go to bed at eleven *as a rule*.
我通常在十一點就寢。
同 *usually* ; *generally*

☑ **as a whole**
就全體而論

As a whole, the relocation seems to have been beneficial.
整體看來，這次遷移似乎是有益的。

☑ **as a result**
結果

As a result, he failed.
結果他失敗了。

☑ **as a matter of course**
理所當然的事

He took his success *as a matter of course*. 他把成功視為理所當然的事。
同 *naturally*

☑ **as a matter of fact**
事實上

As a matter of fact, she is my wife.
事實上，她是我的妻子。
同 *actually* ; *in effect* ; *in fact* ; *in reality*

☑ **as such**
①依其身份或資格

②本身

He is a policeman and ought to be treated *as such*. 他是名警察，應當被視為警察看待。
* as such = as a policeman
History *as such* is too often neglected.
歷史本身往往被忽視。

✧ 重要試題演練 ✧

(　) 1. As a _____ I don't go to work on Saturdays.
　　　(A) way　　　　(B) rule　　　(C) method　　　(D) system

(　) 2. After such reprisals (報復), war followed _____ .
　　　(A) as a matter of course　　(B) as a rule
　　　(C) as a matter of fact　　　(D) as a whole

(　) 3. As a _____ , their team is a little weaker than ours.
　　　(A) matter　　(B) rule　　　(C) result　　　(D) whole

(　) 4. _____ , it is no wonder that Asian American children
　　　usually do a far better job than their classmates.
　　　(A) To be sure
　　　(B) As a result
　　　(C) For instance
　　　(D) For the most part

(　) 5. Joe : By the way, do you know Mr. Walker by any
　　　　　chance?
　　　Sue : _____ , I do.
　　　(A) As a rule　　　　　(B) As a token of
　　　(C) As a matter of fact　(D) As good as gold

(　) 6. He is a child, and must be treated _____ .
　　　(A) such as　(B) as for　(C) as such　(D) as soon

答案

1.(**B**)　　2.(**A**)　　3.(**D**)　　4.(**B**)　　5.(**C**)　　6.(**C**)

公式 *2*

《 at + 名詞 》
at first 型

☐ **at first**
起初

He did not want to marry *at first*.
起初，他並不想結婚。
* for the first time 第一次

☐ **at hand**
①在手邊
②就快到了

I have the book *at hand*.
這本書我經常帶在手邊。
* 此成語亦可作形容詞用。
Summer is (near) *at hand*. 夏天就快到了。

☐ **at heart**
實際上；內心裡

She is an honest girl *at heart*.
她實際上是個誠實的女孩。

☐ **at home**
①在家
②舒適；無拘束
③精通

I left the documents *at home*.
我把文件留在家裡。
Please make yourself *at home*.
請不要拘束。　　圓 *at ease*
He is *at home* in economics.
他精通經濟學。
* ②和③是形容詞的用法。

☐ **at large**
①詳細地；
　充分地
②逍遙法外的

They discussed the matter *at large*.
他們詳細地討論這件事。
圓 *to a considerable extent*
The murderer is still *at large*.
那殺人犯仍逍遙法外。
圓 *free*；*at liberty*
* ②是形容詞用法。

☑ **at last**
最後；終於

Has he finished the work *at last*?
他終於完成這份工作了嗎？
同 *finally*；*at length*；*in the long run*

☑ **at least**
至少

You should review the lessons once a week *at least*.
你應該至少每星期複習一次功課。

☑ **at once**
①立刻；馬上

I want you to send this telegram *at once*. 我要你立刻發這封電報。
同 *immediately*

②同時

Two things happened *at once*.
兩件事同時發生了。
同 *at the same time*
＊all at once＝suddenly　突然地

☑ **at present**
目前；現在

I am rather busy *at present*.
我現在相當忙碌。

☑ **at random**
隨便地

He chose ten students *at random*.
他隨便挑選了十個學生。

☑ **at sight**
一看見就

She can play and sing *at sight*.
她一看樂譜就可以邊奏邊唱。
They were ordered to shoot the burglar *at sight*. 他們奉命一見到竊賊就開槍。
＊at first sight　乍看之下；第一眼看見

☑ **at table**
在用餐

Don't talk too much *at table*.
用餐時不要講太多話。

☑ **at intervals**
時時

We heard peals of thunder *at intervals*.
我們時時聽到雷鳴。
＊at short intervals　常常
　at long intervals　偶爾

☑ **at times**
有時候;偶爾

He comes here *at times*.
他偶爾來這裡。 *同 sometimes*
*at a time 一次;同時
  at one time 曾經;一度;同時
  at all times 時常;老是
  at any time 任何時間;隨時
  at that time 在那時候

☑ **at all**
①完全不
  (否定句)

②到底;究竟
  (疑問句)

③既然;即使
  (條件句)

I don't know her *at all*.
我完全不認識她。
同 not in the least

Do you know her *at all*?
你到底認不認識她?

If you do it *at all*, do it well.
既然你要做,就得做好。

☑ **at (the) best**
充其量;頂多

It is *at (the) best* a second-rate hotel.
這充其量只是個二流旅館。
同 at most   *at one's best 處於全盛狀態

☑ **at (the) latest**
最晚

I'll be back by six *at the latest*.
我最晚在六點以前回來。
同 not later than   *at least 至少

☑ **at (the) longest**
最長;最久

I can wait only two weeks *at (the) longest*. 我最多只能等二星期。

☑ **at (the) most**
最多;頂多

There were twenty people *at most*.
頂多只有二十個人。 *同 not more than*

☑ **at one's best**
處於最佳時期

The cherry blossoms are *at their best* now. 櫻花現正盛開著。

☑ **at (one's) ease**
自在

His friendly manner soon put his visitors *at their ease*.
他友善的態度不久就讓訪客感到自在。
* feel at ease　安心

☑ **at (one's) pleasure**
隨意

He could ramble *at pleasure*.
他能隨意漫談。
同 *at will*

☑ **at a distance**
隔一段距離；
在稍遠的地方

Take a picture of the ship *at a distance*. 離遠一點拍這艘船的照片。
* in the distance　在遙遠的地方

☑ **at a time**
同時

They all tried to talk *at a time*.
他們同時都想講話。

☑ **at the moment**
目前

At the moment she is at work on her fourth novel.
目前她正執筆寫她的第四本小說。
* at any moment　隨時

☑ **at all costs**
無論如何；
不惜任何代價

I must go there *at all costs*.
我無論如何必須去那裡。
We're determined to accomplish the mission *at all costs*.
我們決定要不顧一切完成任務。
同 *at any cost* ; *by all means*

☑ **at any moment**　隨時

An accident may happen *at any moment*. 意外隨時都有可能發生。

☑ **at any rate**
無論如何

At any rate do your best.
無論如何盡你的全力。
同 *in any case* ; *anyway*

❖ 重要試題演練 ❖

( ) 1. A : "Please write those letters _____ ."
B : "Oh, they can wait as far as I can see."
(A) at times   (B) at once   (C) at first   (D) at hand

2. To feel spring near _____ hand is an indescribable joy in itself.

3. 我也許無法勝任這份工作，但我至少了解它的重要性。
I may not be equal to the task, but _____ _____
I know how important it is.

( ) 4. (挑錯) The picture looks <u>better</u> <u>at</u> <u>the</u> <u>distance</u>.
                                    (A)   (B)   (C)   (D)

( ) 5. John is a happy boy, but _____ he looks sad.
(A) at time   (B) on times
(C) at times   (D) on time

( ) 6. _____ , hot springs were favored for bathing, but then some doctors suggested that bathing in cold water might be just as good.
(A) At first   (B) At times   (C) At hand   (D) At once

答　案

| 1.(**B**) | 2. *at* | 3. *at, least* |
| 4.(**C**) *the → a* | 5.(**C**) | 6.(**A**) |

● 公式 *3* ●

《 by + 名詞 》
by accident 型

　　本公式中的 by，與被動語態中之 by 不同。在此表示方法，作「藉著；由於」解，如 by accident（偶然），by heart（默記），by mistake（出於錯誤）；亦可表示關係，作「關於」解，如 by name（就名字上），by profession（以～為職業）等。

☐ **by accident**
偶然；意外地

I met an old friend *by accident*.
我偶然遇到了一位老朋友。
圓 *by chance* ; *accidentally*

☐ **by birth**
生來

He is an American *by birth*.
他生來就是美國人。

☐ **by contrast**
相對之下

By contrast, she is much more active.
相對之下，她的個性活潑多了。

☐ **by far**
顯然地

He is *by far* the best speaker in the class. 他顯然是班上最好的演講者。
＊by far 用來修飾最高級，有時修飾比較級。
　so far 則作「到目前為止」解。
＊by far 是「介系詞＋副詞」的型式。

☐ **by heart**
默記地

He learned a poem *by heart*.
他背了一首詩。

☐ **by mistake**
因(無心的)錯誤

Someone has taken my umbrella *by mistake*. 有人誤拿了我的雨傘。

☐ **by name**
就名字上

I know her only *by name*.
我只知道她的名字而已。　圓 *by sight* 曾見過面

☐ **by nature**
天生地；生來

He is a quiet man *by nature*.
他天生就是沈默的人。　　圓 *innately*

☐ **by profession**
以～為職業

He is a doctor *by profession*.
他的職業是醫師。
* = His profession is a doctor.

☐ **by oneself**
①獨自地
②獨力

He lives *by himself* in the woods.
他獨自住在森林中。　　圓 *alone*
The fire went out *by itself*.
火自行熄滅了。　*for oneself* 為了自己；親自

☐ **by degrees**
逐漸地

Their friendship *by degrees* grew into
love. 他們的友誼逐漸發展為愛情。

☐ **by turns**
輪流地

Each of us will be on duty *by turns*.
我們每一個人將輪流值班。
圓 *alternately*　*in turn* 依次

☐ **by leaps
and bounds**
迅速地

Their business has grown *by leaps and
bounds*. 他們的業務發展迅速。
* by fits and starts 一陣陣地；不規則地

☐ **by the way**
順便一提

By the way, do you hear of Charles?
順便一提，你聽說過查爾斯這個人嗎？

☐ **by all means**
一定

You must finish it *by all means* before
Mother comes home.
母親回來之前，你一定要將它完成。
* by no means 絕不

☐ **by no means**
絕不

Translation is *by no means* easy.
翻譯絕不容易。
圓 *not ~ at all*；*not ~ in the least*
* not ~ by any means 無論如何也不~

❖ 重要試題演練 ❖

(　) 1. Surprisingly, Margaret chose her career almost ＿＿＿ accident.
 (A) at   (B) by   (C) to   (D) in

(　) 2. The teacher mentioned each student ＿＿＿＿ .
 (A) by name   (B) by chance
 (C) in name   (D) by accident

(　) 3. By the ＿＿＿＿ , what are you doing tomorrow?
 (A) name   (B) side   (C) way   (D) part

(　) 4. The children were told that ＿＿＿＿ were they to open the door to strangers.
 (A) by no means   (B) in no account
 (C) by no way   (D) definitely no

(　) 5. He is a Russian ＿＿＿＿ , but he lived in France.
 (A) at first   (B) after all   (C) by birth   (D) by name

(　) 6. 她天生就有藝術氣質。
 (A) She is artistic in nature.
 (B) She is artistic against nature.
 (C) She is artistic by nature.
 (D) She is an artist on birth.

(　) 7. By reading an English newspaper every day, your ability in English will make progress <u>by leaps and bounds</u>.
 (A) by degrees (B) right now (C) later on   (D) very quickly

---

答 案

1.(**B**)	2.(**A**)	3.(**C**)	4.(**A**)	5.(**C**)
6.(**C**)	7.(**D**)			

● 公式 *4* ●

《 for + 名詞 》
for certain 型

在本公式中，部分名詞之前加上不定冠詞或定冠詞，意義會不同，如 for a moment 作「片刻」解，但 for the moment 則作「目前」解；所有格的有無，也會改變成語的意義，例如 for life「終身」，但 for one's life 則是「拼命」。

☐ **for certain** 確定地	He may come here, but I don't know *for certain*. 他也許會來，但我不確定。
☐ **for example** 例如	Many great men have risen from poverty—Lincoln, *for example*. 很多偉人都出身貧困，例如林肯。 ◙ *for instance*
☐ **for fun** 開玩笑地	Don't get angry. I only said it *for fun*. 不要生氣，我只是說著玩的。 ◙ *in fun*
☐ **for good** **(and all)** 永久地	The museum closed down *for good*. 博物館已永久地關閉。 ◙ *for ever*；*permanently*
☐ **for life** 終身	The government granted him a pension *for life*. 政府給他一筆終身退休金。 ＊for one's life 拼命
☐ **for nothing** ①免費地 ②徒勞地	He got the dictionary *for nothing*. 他免費得到這本字典。 He did not go to college *for nothing*. 他沒有白唸大學。

☑ **for oneself**
爲了自己；親自

He built a house *for himself*.
他替自己蓋了一幢房子。
* by oneself 獨自(alone)；獨力
He lives *by himself*. 他獨自生活。

☑ **for short**
簡稱

Thomas is called "Tom" *for short*.
湯瑪士簡稱「湯姆」。　* in short 簡言之

☑ **for a change**
改變一下

I ordered fried chicken *for a change*.
我想換換口味，所以點了炸雞。

☑ **for a while**
暫時

I want to take a break *for a while*.
我想暫時休息一下。
* once in a while 偶爾

☑ **for a rainy
day** 未雨綢繆
以備不時之需；

You should save money *for a rainy
day*. 你應該存錢以備不時之需。
圓 *against a rainy day*

☑ **for the
moment**
目前；暫時

What can we do *for the moment*?
我們現在能做什麼？
* for a moment 片刻

☑ **for the time
being**
暫時；目前

You can stay with us *for the time
being* until you find a place.
找到房子之前，你可以暫時和我們一起住。
圓 *for the moment*; *for the present*

☑ **for (all) the
world**
無論如何

I wouldn't do it *for (all) the world*.
無論如何我也不會做這件事。
圓 *on any account*

☑ **for one
thing**
首先；一則

For one thing, I have no time, and
for another, I have no money.
一則我沒時間，二則我沒錢。

☐ **for God's sake**
看在老天份上

For God's sake, please forgive him for his offense.
看在老天的份上,請原諒他的冒犯。
回 *for goodness' sake*; *for heaven's sake*
　for mercy's sake; *for pity's sake*

☐ **for one's life**
拚命;全力以赴

He held on to the branches *for his life*.
他死命地抓住樹枝。
He was running *for his life* toward town.
他逃命似地向城裡飛奔。
回 *for dear life*　＊for life 終身

☐ **for one's money**
依~看來

For my money, you should start out looking for a job now.
依我看來,你現在應該開始找工作。

☐ **for one's part**
就某人而言

For my part, I have nothing to say.
就我而言,我沒有話要說。
回 *as for one*; *as far as one be concerned*

☐ **for the most part** 大部分

The people in this country are, *for the most part*, hospitable and helpful.
這個國家的人民,大部分很好客而且樂於助人。

☐ **for the first time** 第一次

For the first time, he roasted a potato by himself. 他第一次親手烤馬鈴薯。
＊at first 起初

☐ **for love or money**
無論如何

I can't get in touch with him *for love or money*. 我無論如何也聯絡不上他。
I kept on asking why he didn't come, but he wouldn't tell me *for love or money*.
我一直追問他為何不來,但他無論如何也不肯說。

◈ 重要試題演練 ◈

(　) 1. _____ example, the lightning seemed, perhaps, the huge deadly spear of a god.
(A) For　　　(B) Of　　　(C) At　　　(D) In

(　) 2. You should always put a little money aside for <u>a time of trouble and difficulty</u>.
(A) a wonderful day　　(B) an enjoyable day
(C) a rainy day　　　　(D) a day for joy

(　) 3. Let's eat something different for a change.
(A) 我們吃點別的東西換口味吧。
(B) 我們用零錢買點別的東西吃吧。
(C) 我們來互相交換食物吧。
(D) 我們來交換一下吃的方式吧。

(　) 4. We had received blue towels as Christmas gifts and used one of them that morning _____ .
(A) at large　　　(B) for the first time
(C) with trouble　(D) on end

(　) 5. " What do we have? "
" Some roast beef, _____ . I bought a quarter of a pound coming from my aunt's."
(A) for one thing　　(B) for a while
(C) for a rainy day　(D) for a moment

(　) 6. The boy is living with his aunt _____ .
(A) for the past few years　(B) for tomorrow
(C) for the time being　　　(D) for ever

━━━━━ 答 案 ━━━━━
1.(**A**)　　2.(**C**)　　3.(**A**)　　4.(**B**)　　5.(**A**)　　6.(**C**)

● 公式 *5* ●

《 in + 名詞 》
in addition 型

注意名詞前有無冠詞。如 in haste 和 in a hurry 都是「匆忙」，
但 haste 之前不可加冠詞，hurry 則要加。

☐ **in addition**
此外

The company has perfect organization.
In addition, they provide a good salary.
這家公司的組織健全。此外，還提供不錯的薪水。
＊in addition to 除了～之外

☐ **in advance**
事先

I paid the money *in advance*.
我事先付了錢。
同 *beforehand*

☐ **in anguish**
極度痛苦

The child was badly hurt and was *in anguish* all the evening.
這孩子受傷很重，整夜處在極度的痛苦中。

☐ **in appearance**
外表上

In appearance it is a strong building.
外表上這建築物很堅固。

☐ **in comfort**
舒適地

He lives *in comfort*.
他生活很舒適。

☐ **in company**
在眾人面前

She scolded her child *in company*.
她在眾人面前責罵她的孩子。
同 *in public*　反 *in private* 私下地

☐ **in conclusion**
總之

In conclusion, I want to say a few words about it. 總之，關於這件事我想說幾句話。

☐ **in consequence**
因此

I fell ill and was absent from school *in consequence*. 我生病了，因此沒去上學。
同 *as a result*
＊in consequence of ＝ as a result of
因～的結果；由於～

☐ **in detail**
詳細地

He explained the matter *in detail*.
他詳細說明這件事。

☐ **in earnest**
認真地；鄭重地

He is *in earnest* about what he says.
他對於自己所說的話，非常認真。
＊in good(real) earnest 非常認真地

☐ **in effect**
①事實上
②在實施中

In effect, she is only a little girl.
事實上，她只是一個小女孩。　　同 *virtually*
The rule is still *in effect*.
本規則仍在實施中。　　＊②是形容詞用法。

☐ **in fact**
事實上

In fact, he knows nothing about politics.
事實上，他對政治一竅不通。
同 *as a matter of fact*

☐ **in form**
①形式上
②體能狀況

Those rules only exist *in form*.
這些規定只是徒具形式。
All the players are *in* good *form*.
所有的選手狀況都非常好。

☐ **in future**
今後

Be more careful *in future*.
今後要更小心。
同 *for the future*　　＊in the future 將來

☐ **in general**
一般說來

In general, the first bus arrives here at six o'clock.
一般說來，第一班公車在六點時抵達。
同 *generally speaking*

☐ **in haste**
匆忙；急忙

He left here ***in haste***.
他匆忙離開這裡。　回 *in a hurry*

☐ **in particular**
特別地

I enjoyed ***in particular*** the singing.
我特別欣賞這歌聲。
回 *particularly*

☐ **in person**
親自

You had better meet him ***in person***.
你最好親自會見他。　回 *personally*
反 *by attorney* 委託律師或代理人

☐ **in practice**
實際上

The idea sounds great, but does it
work ***in practice***?
這想法聽起來不錯，但實際上行得通嗎？

☐ **in principle**
原則上

I agree to the plan ***in principle***.
我原則上贊成這項計劃。
回 *as a general rule*
＊on principle 依據信念；按照慣例

☐ **in private**
私下地

Can I have a talk with you ***in private***?
我能和你私下談嗎？
回 *secretly*　反 *in public* 公開地

☐ **in public**
公開地

He tore down his boss ***in public***.
他公開地破壞他上司的名譽。
反 *in private* 私下地

☐ **in short**
簡言之

In short, he's out of work for now.
簡言之，他目前失業。　回 *in brief*

☐ **in time**
①遲早
②及時

I shall forget all about her ***in time***.
我遲早會忘記有關她的一切。
He arrived ***in time*** for the party.
他及時抵達宴會。

☐ **in turn**
依次

The children got on the bus *in turn*.
小孩依次上了公車。
* by turns 輪流地

☐ **in vain**
徒勞無功

He tried *in vain* to persuade her to
enter the speech contest.
他想說服她參加演講比賽，但卻徒勞無功。

☐ **in a minute**
立刻；馬上

I'll be back *in a minute*. 我馬上就回來。
同 *in a second*；*in a moment*

☐ **in a sense**
就某方面來說；
多少有一點

What he says is, *in a sense*, right.
他所說的話，就某方面來說是對的。
同 *in a way*

☐ **in a way**
多少；有幾分

She is afraid of snakes *in a way*.
她有點怕蛇。
同 *in a sense*　* in no way 絕不

☐ **in a while**
不久

I'll call on you *in a while*.
我不久會拜訪你。
同 *soon*；*in a little while*
* for a while 暫時

☐ **in half**
成兩半；對分

Cut the apple *in half*.
把蘋果切成兩半。

☐ **in the
beginning**
起初；最初

In the beginning God created heaven
and earth.
最初上帝創造了天地。

☐ **in the
distance**
在遙遠的地方

We saw Mt. Ali *in the distance*.
我們遠遠地看到阿里山。
* at a distance 在稍遠的地方

☐ **in the world**
究竟;到底

What *in the world* are you doing?
你究竟在做什麼?
同 *on earth*
* in the world 可用來加強:
①疑問詞,作「到底;究竟」解;
②最高級,作「全世界;世界上」解;
③否定,作「一點也～」解。

☐ **in those days**
當時

There were no automobiles *in those days*. 當時沒有汽車。
* (in) these days 目前;現今

☐ **in any case**
無論如何

In any case, I have to see him.
無論如何,我必須見他。
同 *anyway*

☐ **in due course**
不久以後;
到適當的時候

If you practice hard, you'll be able to play the piano *in due course*.
假如你努力練習,不久你自然就會彈鋼琴了。

☐ **in no time**
立刻

Your mother want you to go home *in no time*. 你母親要你立刻回家。
* in time 及時

☐ **in other words**
換句話說

John has been studying from 6 o'clock to 10 o'clock; *in other words*, he has been studying for four hours.
約翰從六點開始讀書讀到十點;換句話說,他已讀了四個小時。
* in a word 簡言之;總之

☐ **in one's heart**
在內心;在心底

I know *in my heart* that he lied to me. 我心裡明白他在騙我。
同 *in one's heart of hearts*
* at heart 內心裡;實際上

☑ **in one's day**
在年輕的時候

She was beautiful *in her day*.
她年輕的時候很美。　　回 *in one's youth*

☑ **in one's opinion**
某人認為

In my opinion, this scheme is impractical. 我認為這項計劃不切實際。

☑ **in the presence of**
在某人面前

He was reproached *in the presence of* a large number of people.
他在衆人面前受到責罵。

☑ **in the first place** 首先

In the first place you have to thank him. 首先，你必須謝謝他。
回 *first*；*to begin with*
＊in the second place 第二
　in the third place 第三

☑ **in the long run**
最後

He will succeed *in the long run*.
他最後將會成功。
回 *eventually*；*at length*；*in the end*
＊after all 畢竟；終究　通常用於過去式；
　in the long run 則用於未來式。

☑ **in the nick of time**
正是時候

The fire engines arrived *in the nick of time*. 消防車到得正是時候。
An ambulance came *in the nick of time* and took him to the hospital.
救護車及時到達，將他到醫院去。

☑ **in nine cases out of ten**
十之八九

In nine cases out of ten, he will take over the business from his father.
十之八九，他會接管他父親的事業。
回 *ten to one*

✥ 重要試題演練 ✥

( ) 1. _____ those days people worked harder physically.
(A) When　　(B) On　　(C) For　　(D) In

( ) 2. _____ the idiom "rain cats and dogs" simply means "rain very hard."
(A) On earth　(B) In fact　(C) For good (D) With that

( ) 3. _____ his bad conduct he was dismissed.
(A) In case of　　　　(B) In spite of
(C) In consequence of　(D) In time of

( ) 4. Books and general information on the island left us full of curiosity. _____ , books and information on the island were not quite available.
(A) As a rule　　　　(B) In other words
(C) In the first place　(D) In general

( ) 5. _____ her husband tried to dissuade her.
(A) In turn　　(B) In half　(C) In vain　(D) In form

( ) 6. Bill failed to get his paper finished _____ time.
(A) in　　　(B) for　　　(C) to　　　(D) at

( ) 7. Theories regarding the shape of the earth have changed. _____ it was flat, although ideas about the exact shape varied.
(A) At the first　　　(B) In the outset
(C) In the beginning　(D) On the initial

( ) 8. In most modern industrial countries, "keeping up with the Joneses" is the main concern of most people. In other words, people want to improve their standard of living.
(A) 此外　　(B) 換句話說　(C) 再者　　(D) 但是

( ) 9. They began to work. They were absorbed in their work. The job was finished immediately. = They set themselves to work with such concentration that the job was finished _____.
(A) in no time
(B) at all
(C) without time
(D) at any time

10. Although passers-by were forced to take cover, they were all pleased, saying the rain <u>had come in the nick of time</u>.
儘管路人們被迫避雨，但他們都很高興，說雨 _____ 。

( ) 11. Although milk is an important part of our everyday diet, cows give milk _____ the first place to feed their calves.
(A) on　　　(B) X　　　(C) in　　　(D) with

12. The student was punished in _____ (public, publicly, publicity). (選擇適當的字填入)

( ) 13. If you want to have time off for good reason, tell me _____ .
(A) in addition to
(B) care about
(C) as longer
(D) in advance

( ) 14. I'll be back in no time.
(A) I'm never coming back.
(B) I won't be away long.
(C) I don't know when I'll return.
(D) I am falling down.

( ) 15. Perhaps this is because we like to spend a holiday on the seashore-bathing, playing on the sand, walking on the beach, looking _____ treasure or wildlife or simply sitting in a deckchair doing nothing _____ particular.

(A) for, in (B) to, for

(C) to, in (D) for, for

16. 他鄭重地告訴我，他會竭盡所能地幫助我。

He told me _____ _____ that he would do everything to help me.

( ) 17. A: The party has already started. Hurry up! We are late.

B: O.K., I'll be ready _____.

(A) in due course (B) in time

(C) in a minute (D) in the long run

答 案

1.(**D**)	2.(**B**)	3.(**C**)	4.(**B**)	5.(**C**)
6.(**A**)	7.(**C**)	8.(**B**)	9.(**A**)	10. 來得正是時候
11.(**C**)	12. *public*	13.(**D**)	14.(**B**)	15.(**A**)
16. *in, earnest*		17.(**C**)		

● **公式 *6*** ●

《 of ＋名詞 》
of course 型

　　「 of ＋抽象名詞」，通常爲形容詞片語，但本公式有兩個重要的例外是當副詞用：of course（當然）和 of necessity（必定）。另外，of 也常用於表「自願」之成語中，如 of one's own accord（自動地），of one's own will（自願地）。

☑ **of course**
當然

Of course, I believe in you for good.
當然，我永遠相信你。

☑ **of late**
最近

I have not seen her *of late*.
我最近都沒有看到她。
圓 *lately*

☑ **of necessity**
必定；必然地

Being a professional actor *of necessity* means working nights and Sundays.
身爲職業演員必定得於夜晚和星期天工作。
圓 *necessarily*

☑ **(all) of a sudden**
突然地

All of a sudden the lights went out.
燈突然熄了。
圓 *suddenly*；*all at once*

☑ **of one's own accord**
自動地

They were tired and went to bed *of their own accord*.
他們都累了，所以自動上床睡覺。

☑ **of one's own (free) will**
自願地；自動地

She did this *of her own free will*.
她自願做這件事。
反 *against one's will* 不情願地

❖ 重要試題演練 ❖

( ) 1. X : Have you told them?
Y : _____ course not.
(A) Off   (B) Of   (C) At   (D) In

( ) 2. He did it of his own _____ .
(A) accord   (B) purpose   (C) turn   (D) end

( ) 3. Mr. Smith : Excuse me, sir. I'm writing a research
paper on Chinese culture. Do you mind
answering a few questions?
Dr. Chang : _____ .
(A) Certainly.   (B) No, of course not.
(C) By all means.   (D) Yes, please.

( ) 4. John has been rather tired _____ late.
(A) in   (B) on   (C) of   (D) for

( ) 5. Students sometimes answer questions _____ their own
will.
(A) in   (B) on   (C) by   (D) of

( ) 6. <u>All at once</u> it rushed from the dark horizon toward the
ship with a frightening speed.
(A) All of a sudden   (B) To the end
(C) As yet   (D) Day by day

答 案

1.**(B)**   2.**(A)**   3.**(B)**   4.**(C)**   5.**(D)**   6.**(A)**

● 公式 7 ●

《 on + 名詞 》
on business 型

☑ **on business**
因公

He went to Chicago *on business*.
他因公事去芝加哥。
反 *for pleasure* 爲樂趣；爲消遣

☑ **on earth**
究竟；到底

Why *on earth* are you angry?
你究竟爲什麼生氣？
＊接在疑問詞後，用來加强疑問詞的語氣。
同 *the devil*；*the deuce*；*in the world*

☑ **on end**
①直立地；豎起

Place the box *on end*.
把箱子豎起來放著。
同 *upright*

②繼續地

It rained for three days *on end*.
一連下了三天雨。　　同 *consecutively*

☑ **on foot**
步行

He goes to school *on foot*. 他走路上學。
＊＝He *walks* to school.
＊on horseback 騎在馬上

☑ **on occasion**
偶爾；有時候

I call on my aunt *on occasion*.
我偶爾會去探望我的阿姨。
同 *occasionally*；*now and then*

☑ **on principle**
依據信念；
按照慣例

I don't wear a hat *on principle*.
我通常不戴帽子。
＊in principle 原則上
　I agree *in principle*. 我原則上同意。

☐ **on purpose**
故意地

He arrives late ***on purpose*** to show his dissatisfaction. 他故意遲到，以表示他的不滿。

同 *intentionally*　　反 *by accident ; by chance*

☐ **on time**
準時

The train is running ***on time***.
火車準時行駛。

同 *punctually*　　*in time 及時

☐ **on trial**
試用

Take this implement ***on trial*** before you pay for it. 購買這用品之前請先試用。

☐ **on the contrary**
相反地

I thought he was a teacher ; ***on the contrary***, he was a student.
我以為他是老師；相反地，他是學生。

*to the contrary 相反的(地)；相反的情形
There is no evidence *to the contrary*.
沒有相反的證據。

☐ **on the spot**
當場

The thief was arrested ***on the spot***.
小偷當場被逮捕。

同 *on the scene ; there and then*

☐ **on the (one's) way** 在途中

I bought this newspaper ***on the way***.
我在途中買了報紙。

I met her ***on my way*** from (to) school.
我在放(上)學途中遇見她。

*in the way 擋路；妨礙

☐ **on the whole**
大體而言

This play was, ***on the whole***, successful.
大體而言，這齣戲是成功的。

同 *generally ; as a rule*
*as a whole 就全體而論

☐ **on no account**
絕不

On no account will she accept your apology. 她絕不會接受你的道歉。

同 *not ~ at all*　　*of no account 不重要的

☐ **on one's own**
獨力；單獨地

He is going to Spain ***on his own***.
他將自個兒到西班牙去。

☐ **on one's part**
在某人方面

There is no objection ***on my part***.
我沒有異議。　　回 *on the part of*

☐ **on all fours**
爬行

He went up the steep path ***on all fours***.
他手腳並用地攀爬陡峭的小路。

☐ **on second thought(s)**
重新考慮之後

On second thoughts, she decided to sue for a divorce.
重新考慮之後，她決定訴請離婚。

☐ **on (an [the]) average**
平均

On an average she works twelve hours a day. 她每天平均工作十二個小時。

☐ **on a large scale**
大規模地

They are doing business ***on a large scale***.
他們正大規模地做買賣。
反 *on a small scale* 小規模地

☐ **on the one hand ~, on the other hand**
一方面~，
另一方面

He was praised by his teacher ***on the one hand***, but blamed by his friends ***on the other hand***.
一方面，他被老師稱讚，但另一方面，卻被朋友責備。
＊on the other hand 亦可單獨使用。
He is a capable man, but *on the other hand*, he's strict with others.
他很有能力，但另一方面，他對別人很嚴格。

☐ **on the spur of the moment**
因一時衝動

On the spur of the moment I asked her to marry me. 因一時衝動，我要求她嫁給我。
回 *on impulse*

❖ 重要試題演練 ❖

( ) 1. I could never memorize poetry. _____ , I remember numbers.
(A) On the other hand   (B) On the other side
(C) Moreover   (D) In other words

( ) 2. The classics, _____ , transcend the limits of their origin.
(A) in order   (B) by means of
(C) in addition to   (D) on the contrary

( ) 3. Are you traveling _____ your own?
(A) on   (B) of   (C) to   (D) in

4. Although a hummingbird's wingspread is barely four inches long _____ the average, it can rush through the air as swiftly as sixty miles an hour.

( ) 5. Do you think Teresa asked that question on purpose?
(A) accidentally   (B) gradually
(C) intentionally   (D) permanently

6. (英譯中) You'd better pick up a few things on the way.

_____

( ) 7. The train arrived at the station on time.
(A) 及時   (B) 準時   (C) 時間   (D) 臨時

( ) 8. His car is being repaired, so he comes _____ foot.
(A) with   (B) by   (C) on   (D) of

┌─────────────── 答 案 ───────────────┐

1.(**A**)   2.(**D**)   3.(**A**)   4.*on*   5.(**C**)

6. 你最好沿途買些東西。   7.(**B**)   8.(**C**)

└──────────────────────────────────────┘

● 公式 *8* ●

《 to + 名詞 》
to the contrary 型

「 to one's ＋情感名詞」，常用以表示因某結果而產生的情緒，通常置於句首。如 To my disappointment, he was late again.（令我失望的是，他又遲到了。）

☑ **to the contrary** 相反地

Come on Sunday unless I write you *to the contrary*.
星期天來，除非我寫信作相反(變更)的通知。
＊on the contrary 相反地

☑ **to the end** 到最後

We must insist on our plan *to the end*. 我們必須堅持我們的計劃到最後。

☑ **to the letter** 嚴格地

Follow the rules *to the letter*.
嚴守這些規則。

☑ **to the minute** 一分不差；正好

He came at five o'clock *to the minute*. 他來時正好五點整。

☑ **to the best of one's ability** 全力以赴

Do it *to the best of your ability*.
全力以赴去做。

☑ **to the effect that ~** 大意是說~

She wrote to me *to the effect that* she was very ill.
她寫信給我，大意是說她病得很重。

☑ **to one's heart's content** 盡情地

Come to our party; play *to your heart's content*. 來參加我們的宴會；盡情玩個夠。

☐ **to one's dis-appointment**
令某人失望的是

To my disappointment, he did not come. 令我失望的是，他沒有來。
＊to one's regret 令某人遺憾的是

☐ **to one's joy**
令某人高興的是

To my joy, she accepted my proposal.
令我高興的是，她接受我的求婚。
回 *to one's delight*

☐ **to one's mind**
依某人的想法

To my mind, she's always an unpleasant person to deal with.
在我看來，她一直是個不易相處的人。

☐ **to one's relief**
使某人鬆了一口氣

To his relief, the difficulties were overcome. 困難都克服了，使他鬆了一口氣。

☐ **to one's surprise**
使某人驚訝的是

To my surprise, he won the prize.
使我驚訝的是，他得獎了。
回 *to one's astonishment*

☐ **to a fault**
過分；極端

She is obedient *to a fault*.
她太過順從了。   回 *excessively*

☐ **to a man**
全體一致

They all answered "yes" *to a man*.
他們全體一致回答「是」。
回 *as one man*；*unanimously*

☐ **to advantage**
有效地

You should lay out your money *to advantage*. 你應該把錢花在刀口上。

☐ **to excess**
過度

Don't drink *to excess*; it's bad for health. 不要飲酒過度；這樣對健康有害。
回 *in excess*

☐ **to order**
照訂單

This suit was made *to order*.
這套西裝是訂做的。

✥ 重要試題演練 ✥

(　) 1. See to it that my instructions are followed to the letter.
 (A) 瞧吧，我的指令會隨信後傳達。
 (B) 信將隨指令後送達，你會看到的。
 (C) 我的建議將見諸文字，收到後尚請過目。
 (D) 務必徹底按照我交代的話去做。

(　) 2. ＿＿＿＿＿＿ my mind, he acted too thoughtlessly.
 (A) As　　　　　　　　(B) To
 (C) Of　　　　　　　　(D) For

(　) 3. To the ＿＿＿＿＿ of my knowledge he is still here.
 (A) more　　　　　　　(B) least
 (C) best　　　　　　　(D) none

(　) 4. The classmates support John to a man.
 (A) as one man　　　　(B) to excess
 (C) to the end　　　　(D) to the letter

(　) 5. The hummingbird uses its unique flying abilities ＿＿＿＿＿ good advantage.
 (A) for　　　　　　　　(B) in
 (C) on　　　　　　　　(D) to

────── 答　案 ──────
1.(**D**)　　2.(**B**)　　3.(**C**)　　4.(**A**)　　5.(**D**)

● 公式 *9* ●

《 其他介系詞＋名詞 》
above all 型

☑ **above all** 最重要的是	*Above all*, take good care of yourself. 最重要的是要好好照顧自己。 ◎ *above all things*
☑ **after all** 終究；畢竟	You were right *after all*. 你終究是對的。 ＊以下用法是當介系詞用：*After all* my advice, 　he went out. 他竟不顧我的勸告出去了。
☑ **after a while** 過一會兒	Mr. Smith appeared *after a while*. 過一會兒，史密斯先生出現了。 ＊for a while 暫時
☑ **against one's will** 不情願地	She accepted the job *against her will*. 她不情願地接受了這份工作。 ◎ *unwillingly* ; *reluctantly*
☑ **around the corner** 就快到了	Christmas is just *around the corner*. 聖誕節就快到了。 ＊本句是形容詞用法。
☑ **between ourselves** 不要告訴別人	*Between ourselves*, what is your opinion of him? 不要告訴別人，你對他的看法如何？ ◎ *between you and me*
☑ **before long** 不久	I hope we can see each other again *before long*. 我希望不久之後，我們又能再次見面。　◎ *soon*

☑ **behind time**
遲到

The train arrived *behind time*.
火車誤點了。　同 *late*
* behind the times 趕不上時代

☑ **behind one's back**
在背後

She loves to gossip about Jack
behind his back.
她喜歡在背後說傑克的閒話。

☑ **beyond comparison**
無與倫比

T. S. Eliot's achievement in literature
is *beyond comparison*.
艾略特的文學成就，無與倫比。
同 *unequaled*；*without equal*

☑ **beyond one's means**
過分奢侈

She lives *beyond her means*.
她生活過分奢侈。
反 *within one's means* 量入爲出

☑ **with ease**
輕易地

He moved the rock *with ease*.
他輕易地搬動這塊岩石。
同 *easily*

☑ **with difficulty**
困難地

It took them five years to complete
the academic research *with difficulty*.
他們花五年的時間，艱難地完成這份學術研究。
反 *with ease* 輕易地

☑ **with honors**
以優等成績

He graduated *with honors*.
他以優等成績畢業。

☑ **with impunity**
不受懲罰地

It's impossible to break the laws *with
impunity*. 違反法律，不可能不受到懲罰。

☑ **with indifference**
漠不關心地

He treated my request *with in-
difference*. 他對我的請求漠不關心。

☐ **with one consent**
無異議地

They approve the scheme *with one consent*. 他們無異議地通過這項計畫。
回 *by common consent* ; *by general consent*

☐ **without delay**
立刻

We must start *without delay*.
我們必須立刻開始。
回 *at once*

☐ **without difficulty**
沒有困難地

He repaired the radio *without difficulty*.
他毫無困難地修理收音機。

☐ **without exception**
沒有例外；一律

Without exception, all the students need to hand in their homework on time. 所有的學生一律得按時交作業。

☐ **without fail**
一定

I'll foot the bill tomorrow *without fail*.
我明天一定會付帳。
＊fail 當名詞時，僅用於這個成語。

☐ **without question**
毫無疑問地

He is *without question* a man of integrity. 他無疑是個正直的人。

☐ **under no circumstances**
絕不

Under no circumstances do you tell a lie. 你絕不可以說謊。
＊under the circumstances 在這種情況下

☐ **under the counter**
私下地；偷偷地

They sold the banned medicine *under the counter*.
他們私下販賣禁藥。

❖ 重要試題演練 ❖

(　) 1. We should have the courage to speak the truth
　　　 _____ any circumstances.
　　 (A) on 　　　　　　　　 (B) by
　　 (C) under 　　　　　　 (D) at

(　) 2. I'll be waiting for you at four o'clock without _____ .
　　 (A) mistake 　　　　　　 (B) failure
　　 (C) fail 　　　　　　　 (D) doubt

(　) 3. _____ should you be allowed to stay up late.
　　 (A) Above all
　　 (B) Under no circumstances
　　 (C) Before long
　　 (D) Over and over

(　) 4. He's qualified for this position. _____ , he's reliable.
　　 (A) Above all 　　　　　 (B) With ease
　　 (C) With impunity 　　　 (D) Around the corner

(　) 5. I'm so sorry, I can't come _____.
　　 (A) with one consent 　 (B) after all
　　 (C) with honors 　　　　 (D) behind time

(　) 6. Boxing isn't such a dangerous sport _____ , you know.
　　 (A) after all 　　　　　 (B) by turns
　　 (C) as a rule 　　　　　 (D) for fun

─────── 答 案 ───────
1.(**C**)　　2.(**C**)　　3.(**B**)　　4.(**A**)　　5.(**B**)　　6.(**A**)

• 公式 *10* •

《 副詞 + 連接詞 + 副詞 》
again and again 型

　　and 連接兩個相同的字，用以表示反覆、不斷之意。如 again and again（一再地），by and by（不久），on and on（不停地）。

☐ **again and**
again
一再地

He tried *again and again*, but he always failed. 他一再地嘗試，但總是失敗。
圓 *time and again*

☐ **back and**
forth 來回地

He walks *back and forth* along the river.
他在河邊來回地走著。　　圓 *to and fro*

☐ **by and by**
不久

We'll meet again *by and by*.
我們不久會再見面。
圓 *soon ; before long ; in the near future*

☐ **by and large**
大體而言

By and large, they did a good job.
大體而言，他們工作做得不錯。
圓 *in general ; on the whole*

☐ **(every) now**
and then
有時候；偶爾

She asked about you (*every*) *now and then*. 她有時候會詢問關於你的事。
圓 *sometimes ; occasionally*

☐ **more and**
more 愈來愈

The spectators get *more and more* excited. 觀眾愈來愈興奮。

☐ **on and off**
斷斷續續地

I wrote to Jane *on and off* for several years. 我和珍斷斷續續地通了幾年的信。
圓 *intermittently ; occasionally ; off and on*

☐ **on and on**
不停地

He talked ***on and on*** until they were bored. 他不停地說直到他們都厭煩了。
回 *continually*

☐ **once and again** 一再地

She was late ***once and again***.
她一再遲到。

☐ **once and for all**
斷然地

I told my parents ***once and for all*** that I wouldn't go there again.
我斷然地告訴父母我不會再去那裡了。

☐ **over and over (again)**
一再地

I saw the movie ***over and over*** (***again***).
我一再看這部電影。
回 *again and again*

☐ **to and fro**
來回地

Children are running ***to and fro***.
孩子們在來回地跑。　回 *back and forth*

☐ **up and down**
上上下下地

The fish bobbed ***up and down*** on the water. 魚在水面上忽沈忽浮。

☐ **year in and year out**
一年一年地

He goes to church every Sunday ***year in and year out***. 年復一年，每星期天他都上教堂。
回 *year after year*

☐ **more or less**
多少；有幾分

I was ***more or less*** tired.
我多少有點累了。　回 *kind of*; *sort of*

☐ **sooner or later** 遲早

Sooner or later she will repent it.
她遲早會後悔。

☐ **little by little**
漸漸地

He began to understand ***little by little***.
他漸漸開始了解。　回 *gradually*
*one by one 逐一地，day by day 逐日地 step by step 一步一步地

❖ 重要試題演練 ❖

(   ) 1. Each tribe has a male boss, who is _____ undemanding.
     (A) less or more   (B) more or less
     (C) less and more   (D) more and less

(   ) 2. The goldfish in the pond are swimming _____ .
     (A) to and back   (B) back and front
     (C) coming and going   (D) to and fro

(   ) 3. I would like to have it taken care of <u>once and for all</u>.
     (A) definitely   (B) at first
     (C) not finally   (D) more than once

(   ) 4. It rains here <u>on and off</u>.
     (A) intermittently   (B) continuously
     (C) by no means   (D) by all means

(   ) 5. <u>By and large</u>, George's plan has a good deal in common with Nelson's.
     (A) In general   (B) Gradually
     (C) By and by   (D) Partially

(   ) 6. A conversation should be a bargaining _____ , and each person should be both merchant and buyer.
     (A) back and forth   (B) little by little
     (C) on and on   (D) by and large

答 案
1.**(B)**   2.**(D)**   3.**(A)**   4.**(A)**   5.**(A)**   6.**(A)**

• 公式 *11* •

《 副詞＋副詞（片語）》
as yet 型

☑ **as yet**
到目前為止

I have heard nothing *as yet*.
我到現在還沒聽到任何事。

They have received no answer *as yet*.
他們到目前為止還沒收到回音。

* 多與動詞完成式連用，且用於否定句。

圓 *so far*；*up to now*

☑ **later on**
以後

I will explain the matter to you *later on*.
以後我會向你解釋這件事。

圓 *later*

☑ **once again**
再一次

I would like to see her *once again*.
我想再見她一次。　　圓 *once more*

☑ **once more**
再一次

Please sing *once more*.
請再唱一遍。

* 當不了解對方意思時，用 Once more.（再說一次。）這句話是不禮貌的，通常用 " Pardon (me)?" 而且音調要上揚。

☑ **once in a
　 while**
偶爾；有時候

Once in a while we go swimming
together.
有時候我們會一起去游泳。

圓 *now and then*；*from time to time*

☑ **once upon
　 a time**
從前

Once upon a time there was a princess
living in the valley.
從前有位公主住在山谷中。　　圓 *long ago*

✧ 重要試題演練 ✧

(　　) 1. _____ there was a beautiful princess who lived in a
　　　　 far-off kingdom.
　　　　 (A) Once upon a time　　　(B) Before
　　　　 (C) Ago　　　　　　　　　(D) Long time

(　　) 2. _____ yet, we don't know about the sea well.
　　　　 (A) Of　　　　　　　　　(B) On
　　　　 (C) As　　　　　　　　　(D) At

(　　) 3. 人有時候會在無意之間流露出眞情。
　　　　 (A) It's not easy to conceal one's feelings all the time.
　　　　 (B) Sometimes it's hardly possible to keep one's
　　　　　　 composure.
　　　　 (C) Once in a while one may unknowingly show one's
　　　　　　 true feelings.
　　　　 (D) It's advisable for one to be true to oneself from
　　　　　　 time to time.

　　　 4. 再說一遍。
　　　　 Say it _____ again.

(　　) 5. I shall be seeing you later _____ .
　　　　 (A) up　　　　　　　　　(B) in
　　　　 (C) on　　　　　　　　　(D) off

答案

| 1.(**A**) | 2.(**C**) | 3.(**C**) | 4.*once* | 5.(**C**) |

● 公式 *12* ●

《 否定字 + 比較級 + than 》
no better than 型

本公式的成語由於意義容易混淆，因此經常出現在閱讀測驗和翻譯題中，不過同學只要牢記 no 在比較級之前等於 not at all，就可以輕鬆地把它們背下來。

☑ **no better than** 　與～一樣	He was *no better than* a beggar. 他和乞丐一樣。
☑ **none the better** (for) 　一點也沒有 　（因～）更好	He became *none the better for* my advice. 他一點也不因我的勸告而變得更好。 ＊none the ＋ 比較級（沒有更；並不更） He is *none the happier* for his wealth. 他沒有因為財富而更快樂。 ＊all the ＋ 比較級（更；越） He likes her *all the better* for her freckles. 他因為她的雀斑而更喜歡她。
☑ **no less than** 　有～之多；多達	He has *no less than* 1,000 dollars. 他有一千元之多。 同 *as much as*；*as many as*
☑ **no less … than ～** 　和～一樣…	She is *no less* beautiful *than* her sister. 她和她的姊姊一樣美麗。 ＊＝ She is as beautiful as her sister.
☑ **not less than** 　至少	He has *not less than* 1,000 dollars. 他至少有一千元。 同 *at least*

☑ **not less …**
than ～
不亞於；不輸給

He is *not less* busy *than* his elder brother.
他的忙碌不亞於他哥哥。
＊＝He is *perhaps* busier *than* his elder
brother.

☑ **no more**
than ～
只；僅僅

He is *no more than* a puppet.
他只不過是個傀儡。　回 *only*

☑ **no more …**
than ～
①和～一樣不…
②既不…也不～

He is *no more* a god *than* we are.
他和我們一樣都不是神。
回 *not … any more than ～*

This book is *no more* interesting *than*
instructive. 這本書既不有趣，也不具有啓發性。
回 *neither … nor ～*

☑ **not more**
than
至多

He has *not more than* 10 dollars in his
pocket. 他口袋裡最多只有十元。　回 *at most*

☑ **not more …**
than ～
不像～那樣…

He is *not more* generous *than* John.
他不像約翰那樣大方。
＊＝He is *not so* generous *as* John.

☑ **none other**
than
正是；就是

He was *none other than* the King.
他正是國王本人。

☑ **no sooner …**
than ～
一…就～

He had *no sooner* arrived *than* he got
sick. 他一到就生病了。
＊＝*No sooner* had he arrived *than* he got
sick.
＊通常 no sooner 之後用過去完成式，than 之後用
過去式。

✦ 重要試題演練 ✦

( ) 1. She was _____ more virtuous than intelligent.
= She was neither virtuous nor intelligent.
(A) not   (B) no
(C) none   (D) any

( ) 2. The Tao, in the broad sense of "how things are", can _____ be called a religion than the framework of the universe.
(A) no less   (B) no more
(C) little less   (D) little more

( ) 3. (挑錯並改正) <u>No sooner</u> <u>had</u> I got to the station
                  (A)   (B)
<u>before</u> the train <u>left</u>.
  (C)   (D)

   4. He had no sooner reached there _____ it began to rain.

   5. It's only an average piece.
     = It's _____ _____ _____ an average piece.

   6. 我剛到，他就非走不可。
     I had _____ _____ arrived than he had to go.

答 案

1.**(B)**   2.**(B)**   3.**(C)** → *than*   4.*than*

5.*no, more, than*   6.*no, sooner*

公式 *13*

《 獨立不定詞 》
needless to say 型

　　本公式的不定詞有時與其句子其他部分沒有文法關連，而獨立存在，稱爲獨立不定詞，也可說是副詞片語修飾全句。

☐ **needless to say** 不用說

Needless to say, she did not break her promise. 不用說，她沒有違背諾言。
回 *It is needless to say that*

☐ **not to mention** 更不用說

She can speak French, *not to mention* English. 她會說法語，更不用說英語了。
回 *not to speak of*; *to say nothing of*

☐ **not to say** 即使不能說是

It would be foolish, *not to say* crazy, to say such a thing.
說這樣的話，即使不能說是瘋狂，也是愚蠢的。

☐ **so to speak** 所謂；可以說

She is, *so to speak*, a grown-up child.
她就是所謂成熟的小孩。　　回 *as it were*

☐ **that is to say** 也就是

It was ten days ago, *that is to say*, July 1.
那是十天前，也就是七月一日。
回 *namely*; *that is*; *in other words*

☐ **to be sure** 的確

He is, *to be sure*, a good actor.
他的確是個好演員。
回 *indeed*; *no doubt*

☐ **to sum up** 總之

To sum up, his project ended in failure.
總之，他的計劃失敗了。
回 *in conclusion*; *in short*; *in a word*

❖ 重要試題演練 ❖

(　) 1. He cannot buy a car, _____ a house.
 (A) still much   (B) even if
 (C) not to mention   (D) not to speak

(　) 2. I have all these apples to carry, _____ this bag of potatoes.
 (A) not to speak of   (B) not to mention of
 (C) to say nothing for (D) still less of

(　) 3. _____ , he will never come again.
 (A) Needless saying   (B) Needlessly saying
 (C) Needlessly to say (D) Needless to say

(　) 4. She can speak German and French, to _____ nothing of English.
 (A) speak   (B) tell
 (C) say   (D) call

(　) 5. He will leave Japan next Saturday, that is to _____ , June 6th.
 (A) tell   (B) say
 (C) speak   (D) mention

 6. (英譯中) John was, so to speak, the leader of the club.

_____

```
────────── 答 案 ──────────
 1.(C)      2.(A)      3.(D)      4.(C)      5.(B)
 6. 約翰可以說是該俱樂部的領袖。
```

● 公式 *14* ●

《 獨立分詞 》
frankly speaking 型

本公式中的獨立分詞，由於其意義上的主詞是指「一般人（如 we, one, you ）」，因此主詞大多省略，如 frankly speaking 是由 if we speak frankly 而來。

☐ **frankly speaking** 坦白說	*Frankly speaking,* I don't like his novel. 坦白說，我不喜歡他的小說。 回 *to be frank with you* * strictly speaking 嚴格地說
☐ **generally speaking** 一般說來	*Generally speaking*, people dislike being criticized. 一般說來，人都討厭受到批評。
☐ **judging from** 由~看來	*Judging from* what you said, he must be a very good man. 由你的話看來，他一定是個大好人。 回 *judging by*
☐ **speaking of** 說到	*Speaking of* summer camps, they are a waste of time. 說到夏令營，那真是浪費時間。
☐ **talking of** 說到	*Talking of* submarines, have you seen one? 說到潛水艇，你見過嗎？
☐ **weather permitting** 天氣許可的話	I will go there, *weather permitting*. 天氣許可的話，我會去那裡。 回 *if weather permits*

✤ 重要試題演練 ✤

(　) 1. Generally _____ , reports are prepared for busy administrators.
(A) spoken   (B) speak
(C) speaking   (D) spoke

    2. 嚴格地說，他還太小，不能上學。
_____ _____ , he is too young to go to school.

(　) 3. _____ what she said, he ought to succeed.
(A) Judging from   (B) Frank speaking
(C) Judge by   (D) Sum up

(　) 4. We'll go on a picnic, weather _____ .
(A) permits   (B) permitted
(C) to be permitted   (D) permitting

(　) 5. _____ weather, how is it in England about this time of the year?
(A) Talked about   (B) Talking of
(C) Being talked of   (D) Talking to

(　) 6. _____ , she was remarkably plain.
(A) To be frank with you   (B) Say the truth
(C) Not to mention   (D) Not to say

答 案

1. (**C**)   2. *Strictly, speaking*   3. (**A**)   4. (**D**)
5. (**B**)   6. (**A**)

● 公式 15 ●

《 連接詞 + 主詞 + 動詞 》
as it is 型

☐ **as it is** ①照原狀 　（用於句尾）	Leave it *as it is*. 保持現狀，不要動它。 ＊在此用法中的 it is 應隨有關名詞加以適當變形， 　如：England as *she is* 　　　照目前的英國 　　　Take things as *they are*. 　　　接受現狀，勇於面對事實。
②事實上 　（用於句首）	I hoped things would get better, but *as it is*, they are getting worse. 我希望事情變得好一點，但事實上變得愈來愈糟。
☐ **as it were** 所謂；可以說是	He is, *as it were*, a walking encyclopedia. 他可以說是一部活的百科全書。 She is, *as it were*, a volunteer of the hospital. 她可以說是這家醫院的義工。 同 *so to speak*
☐ **as the matter stands** 照目前情形	*As the matter stands*, the thunderstorm won't stop today. 照目前情形，今天這場雷雨不會停止。 *As the matter stands*, you should remain neutral and see how it goes. 照目前情形，你應該保持中立，靜觀其變。
☐ **as the saying goes** 俗話說	"Time and tide wait for no man," *as the saying goes*. 俗話說：「歲月不待人。」

◈ 重要試題演練 ◈

(　) 1. Leave it ＿＿＿＿＿ it is for a while.
  (A) but   (B) what (C) that (D) as

(　) 2. A photograph can represent the phenomena of nature
  ＿＿＿＿＿ .
  (A) as it was   (B) as it were
  (C) as they are   (D) as they would be
  (E) as many ones

  3. 他好比是一部活字典。
  He is, as ＿＿＿＿＿ ＿＿＿＿＿ , a walking dictionary.

(　) 4. The girl is, ＿＿＿＿＿ , her father's doll.
  (A) as it were   (B) as it is
  (C) as it was   (D) as she is

(　) 5. If I had more experience, I might not mind it so
  much, but ＿＿＿＿＿ I am terrified.
  (A) as it was   (B) as it were
  (C) as it is   (D) as it would be

(　) 6. "Birds of a feather flock together," ＿＿＿＿＿
  the saying goes.
  (A) such (B) as (C) what (D) with

答 案

1. (**D**) 2. (**C**) 3. *it , were* 4. (**A**) 5. (**C**) 6. (**B**)

● 公式 16 ●

《 連接詞＋副詞（＋副詞）》
and so forth 型

☐ **and so forth** 等等	I was singing, dancing, ***and so forth***. 我正在唱歌、跳舞等。
☐ **and so on** 等等	She studies music, painting, ***and so on***. 她學習音樂、繪畫等。 ＊and so forth 和 and so on 可寫成 etc.
☐ **and what not** 等等	I gave him pens, books, ***and what not***. 我給他筆和書等等。 同 *and so forth* ; *and so on*
☐ **as well** 也	She gave him food, and money ***as well***. 她給他食物，也給他錢。 同 *also*
☐ **or so** 大約	There will be fifty people ***or so*** at the party. 大約有五十人參加宴會。 ＊＝There will be about fifty people at the party.
☐ **whether or no(t)** 無論如何；一定	I must go ***whether or no(t)***. 無論如何我必須去。 ＊以下用法是表讓步的副詞子句 I'll start next week, *whether* it rains *or not*. 不管有沒有下雨，我下星期就出發。

❀ 重要試題演練 ❀

(　) 1. The bodily signals tell us when to sleep, eat, be active, _____ .
　(A) and so
　(B) and so forth
　(C) and as forth
　(D) and as on

(　) 2. I like ice cream, cake, fruit…, and _____ not.
　(A) such 　(B) so 　(C) what 　(D) as

(　) 3. This work is easy, and it will only take a day _____ .
　(A) so or
　(B) as so
　(C) or so
　(D) about

4. 聰明並不是意謂成功，你還需要勤勉。
Intelligence does not necessarily mean success. You need diligence _____ _____ .

(　) 5. Drinking is part of our national celebrations _____ well.
　(A) so 　(B) as 　(C) such 　(D) even

(　) 6. She has uncovered a "treasure" through her volunteer work that she hopes other people will discover_____ .
　(A) as well
　(B) or so
　(C) and so on
　(D) and what not

(　) 7. We can do many high-tech operations and _____ .
　(A) so what
　(B) so that
　(C) so not
　(D) so on

───── 答 案 ─────
1.(**B**)　2.(**C**)　3.(**C**)　4. *as, well*　5.(**B**)
6.(**A**)　7.(**D**)

公式 *17*

《 其他型式的副詞片語 》
all at once 型

☑ **all at once**
突然；同時

All at once I heard a scream.
我突然聽到一聲尖叫。
圓 *all of a sudden*；*suddenly*

☑ **all but**
幾乎

The work is *all but* finished.
這工作幾乎完成了。　　圓 *nearly*；*almost*
* 若置於 (代) 名詞前，則作「除了～之外全都」解。
All but he were present.
除了他之外，全都出席了。

☑ **all the better**
(for；because)
(因～) 更加

I like him *all the better for* his faults.
我因他的缺點而更喜歡他。
* for ＋名詞 (片語) ＝ because ＋子句
I like him *all the better because* he
has some faults. * none the less 仍然

☑ **all the year**
round
一年到頭

This street is busy *all the year round*.
這條街一年到頭都很擁擠。
* 定冠詞 the 可以省略。

☑ **all over the**
world 全世界

English is spoken *all over the world*.
全世界都說英語。

☑ **anything but**
①除了～之外，
　什麼都
②決不

He eats *anything but* meat.
他除了肉之外，什麼都吃。
* but 有「除了～之外」的意味。
She was *anything but* glad at the news.
她聽到這消息，一點也不高興。
* nothing but 只；不過

☑ **as follows**
如下

The result of this election will be analyzed *as follows*.
這次的選舉結果分析如下。

☑ **as likely as not**
或許；恐怕

He'll fail *as likely as not*.
他或許會失敗。　回 *very probably*
＊as often as not 往往；常常
（ often 的強調說法 ）

☑ **day by day**
逐日地

Day by day the situation is improving.
情況正日漸改善中。
回 *daily* ; *from day to day*

☑ **day in, day out**
每天；日復一日

Day in, *day out*, he is worried about his children's health.
日復一日，他為小孩的健康擔心不已。
回 *day in and day out*

☑ **every other day** 每隔一天

The truck comes *every other day*.
卡車每隔一天來。
回 *every second day*
＊「每隔兩天」用 every third day，依此類推。

☑ **from time to time**
有時候；偶爾

I see her *from time to time* in the bookstore. 我偶爾會在書店看到她。
回 *occasionally* ; *now and then*

☑ **from year to year**
逐年；年復一年

From year to year pollution is worsening. 污染情形正逐年惡化。
回 *year by year* ; *year after year*

☑ **inside out**
裡面朝外地

You are wearing the shirt *inside out*.
你把襯衫穿反了。
回 *wrong side out*

☑ **much less**
更不用說

I cannot buy a car, *much less* a house.
我買不起車，更不用說房子了。
回 *still less* ＊用於否定句。

☑ **much more**
更不用說；
更何況

Tom can do it, *much more* you.
湯姆能做到，更何況是你。
回 *still more* ＊用於肯定句。

☑ **next door to**
在～的隔壁

She lives *next door to* us.
她住在我們隔壁。

☑ **none the less** 仍然

He has faults, but I love him *none the less*. 他雖有缺點，但我仍然愛他。
＊= I do *not* love him *any the less* for his faults.

☑ **not always**
未必

The rich are *not always* happy.
有錢人未必快樂。 回 *not necessarily*
＊注意這是部分否定。

☑ **not ~ the slightest**
一點也不

I *don't* have *the slightest* idea where he is. 我一點也不知道他在哪裡。
回 *not ~ at all*；*not ~ the faintest*

☑ **nothing but**
只；不過

She is *nothing but* a child.
她不過是個孩子。
She dreams of *nothing but* going to England. 她的夢想就是要去英國。
回 *only*

☑ **one after another**
一個接一個；
陸陸續續地

The wounded soldiers were sent to the hospital *one after another*.
傷兵陸陸續續被送入醫院。
＊用於三者以上。若只有兩人或兩物交互地，則用 one after the other。

☐ **one by one**
逐一地

The crow dropped stones *one by one* into the jar.
烏鴉把石頭一個一個地丟到廣口瓶中。

☐ **only too**
①很；頗

②遺憾；不幸

I am *only too* glad to go with you.
我很高興能與你同行。

His performance is so wonderful, but it's over *only too* soon.
他的表演太精彩了，但很遺憾結束得太早。
＊勿與 none too「一點也不」混淆。

☐ **none too**
一點也不

We were *none too* early for the train.
我們剛好趕上火車，一點也不早。

☐ **still less**
更不用說

He does not know English, *still less* German.
他不懂英文，更不用說德文了。
同 *much less*　＊用於否定句。

☐ **still more**
更不用說

He can speak French, *still more* English.
他能說法語，更不用說英語。
同 *much more*　＊用於肯定句。

☐ **sure enough**
必定；果然

I'll call you *sure enough* before leaving.
離開之前，我一定會打電話給你。

He said things would go well and *sure enough* they did.
他說事情會進展順利，果真如此。

☐ **ten to one**
十之八九

It's *ten to one* that he will bring an accusation against the magazine.
他十之八九會控告雜誌社。
同 *in nine cases out of ten*

☐ **the other day** 前幾天

The two countries reached an agreement *the other day* about the boundary.
前幾天，兩國就邊界問題達成了協議。
回 *a few days ago*

☐ **time after time** 屢次

He made mistakes *time after time*.
他屢次犯錯。
回 *time and again*

☐ **upside down** 上下顛倒

Don't hang the picture *upside down*.
不要把圖畫掛反了。

☐ **what is more** 此外；而且

She is beautiful, and *what is more*, intelligent. 她漂亮，而且聰明。

You've come too late, and *what is more*, you've lost your books.
你遲到了，而且還把書本弄丟了。
回 *besides* ; *moreover*

☐ **what is worse** 更糟的是

It gets dark, and *what is worse*, it rains heavily.
天黑了，更糟的是，下大雨了。
回 *to make matters worse*

☐ **word for word** 逐字地

He translated the poem *word for word*.
他逐字翻譯這首詩。

He copied my research paper *word for word*. 他一字不漏地抄襲我的研究報告。
回 *literally*

❖ 重要試題演練 ❖

(　) 1. What is _____ , while the brain is handling these messages, it is also recording them in the memory system.
(A) less
(B) much
(C) more
(D) any

(　) 2. My guess could be anything but fair.
(A) 要我猜，一定猜不中。
(B) 我要就不猜，每猜必中。
(C) 一定要我猜，未免不公平。
(D) 我猜事情必有蹊蹺。

(　) 3. He all but broke the record.
（選出與題目原意最離譜的答案。）
(A) He almost broke the record.
(B) He didn't break the record.
(C) He at last broke the record.
(D) He nearly broke the record.

(　) 4. The long procession entered the hall one after _____ .
(A) the others
(B) another
(C) other
(D) others

(　) 5. 雖然貧窮，他們依然知足而快樂。
Though poor, they were _____ content and happy.
(A) none the better
(B) none other than
(C) none the less
(D) still much as

答　案

1.**(C)**　　2.**(A)**　　3.**(C)**　　4.**(B)**　　5.**(C)**

( ) 7. <u>All at once</u> the wind came up.
    (A) Often   (B) For a while
    (C) Slowly   (D) Suddenly

( ) 8. He repeated what I have said <u>word for word</u>.
    (A) briefly   (B) literally
    (C) quickly   (D) intermittently

( ) 9. He does _____ _____ grumble; everybody is fed up with his complaints.
    (A) anything but   (B) nothing but
    (C) all but   (D) sure enough

10. 他因為懶惰，考試果然沒有通過。

He was idle, and _____ _____ he has failed the examination.

11. 收到你的來信，我很高興。

I was _____ _____ glad to hear from you.

( ) 12. <u>Now and then</u> we heard shots in the wood.
    (A) time after time   (B) one after another
    (C) from time to time   (D) the other day

13. 他們很可能已經聽到這個消息了。

_____ _____ as not, they have heard the news.

答 案

  1.(**C**)   2.(**A**)   3.(**C**)   4.(**B**)   5.(**C**)   6.(**A**)
  7.(**D**)   8.(**B**)   9.(**B**)   10. *sure, enough*
  11. *only, too*   12.(**C**)   13. *As, likely*

第 *2* 章

動詞用法的成語

● 公式 *18* ●

《 動詞 + 介系詞 at 》
aim at 型

☐ **aim at**
以～爲目標；
瞄準

This book *aims at* giving a general outline of the subject.
本書旨在提供此項主題的大綱。

☐ **arrive at**
抵達

The train *arrived at* the station at eight.
火車在八點抵達車站。　　回 *reach* ; *get to*
＊arrive at + 小地方，arrive in + 大地方。

☐ **call at**
①短暫拜訪

②停靠

I *called at* Mary's house last Sunday.
我上星期天到瑪麗家拜訪她。

Do you know if the train *calls at* Taichung?
你知道這班火車會在台中停靠嗎？

☐ **come at**
①撲向

②得到；找到

He *came at* me like a tiger.
他像老虎般的撲向我。

Put the medicine where the children can't *come at* it. 把藥放在小孩拿不到的地方。

☐ **gaze at**
注視

She *gazed at* him in bewilderment.
她十分困惑地注視著他。

☐ **get at**
①觸及；接近

②賄賂；買通

He is too short to *get at* the light switch. 他太矮了夠不著電燈的開關。
回 *come at*

He *got at* the judge before the trial.
審判前他就已經買通了法官。

☐ **go at**
著手做;
用心處理

I don't know how to *go at* this project.
我不知道如何進行這項計劃。

☐ **keep at**
繼續做

I can't *keep at* my work any longer.
我無法再繼續做我的工作。

☐ **laugh at**
①因～而笑

She *laughed at* a funny story.
她聽了有趣的故事而大笑。

②嘲笑

You can't *laugh at* people's disabilities.
你不可嘲笑別人的殘疾。

③漠視;
一笑置之

He always *laughs at* the difficulties in life.
他不在乎生命中的困難。

☐ **look at**
①看;看待

She *looks at* me incredulously.
她用懷疑的眼光看著我。

②檢查

Could you please help me to *look at* the tires of my car?
你能不能幫我檢查汽車的輪胎?

☐ **play at**
①玩;參加

The children are *playing at* hide-and-seek.
小孩們正在玩捉迷藏遊戲。

②戲弄

He likes to *play at* the girl living next to him. 他喜歡戲弄隔壁家的女孩。

③不認真地做

She is only *playing at* being an actress.
她當演員只是玩玩而已。

☐ **stay at**
停留;暫住

An old man was *staying at* the hotel.
有個老人投宿在旅社。
*比較: I am *staying with my uncle.*
　　　　我住在叔叔家。

☐ **work at**
從事於;致力於

To be a professional player, he *works at* tennis day in and day out.
為了成為職業選手,他每天努力地練習網球。

❖ 重要試題演練 ❖

( ) 1. Uncle Lee laughed _____ my embarrassment.
    (A) heart to heart at   (B) heartily at
    (C) hard on   (D) loudly within

( ) 2. When he arrived _____ the station, he found no one
    waiting for him.
    (A) of   (B) at
    (C) for   (D) with

( ) 3. I would rather that you stayed at home.
    (A) 我必須停留在你家裡。   (B) 我希望你停留在我家裡。
    (C) 我寧願你待在家裡。   (D) 你可以待在我家裡。
    (E) 你希望我待在你家裡。

( ) 4. He stood gazing _____ the stars.
    (A) at   (B) up
    (C) upon   (D) to

( ) 5. Some of these measures are _____ evil spirits, because
    ghosts cannot lift their feet over barriers, nor can they
    make 90° turns.
    (A) gazed at   (B) kept at
    (C) called at   (D) aimed at

( ) 6. I'm going to _____ them at the task.
    (A) keep   (B) look
    (C) prevent   (D) hinder

答 案

1.**(B)**   2.**(B)**   3.**(C)**   4.**(A)**   5.**(D)**   6.**(A)**

• 公式 19 •

《 動詞 + 介系詞 for 》
account for 型

☐ **account for**
解釋；說明

Did they *account for* the delay?
他們有說明延誤的原因嗎？
回 *explain* (*the cause of*)

☐ **allow for**
考慮到；體諒

Allowing for traffic delays, it will take thirty minutes to get to the station.
如果連路上交通的耽擱都算在內，得花三十分鐘才能到車站。　回 *make allowance(s) for*

☐ **answer for**
為～負責

We must *answer for* the consequences of indiscretion. 我們必須承擔疏失的後果。
回 *be responsible for*

☐ **apply for**
申請；應徵

Many students *applied for* the job.
很多學生應徵那份工作。　＊apply to 適用於

☐ **ask for**
請求

I want to *ask for* one-week leave of absence. 我想請一星期的假。　＊ask after 問候

☐ **call for**
①大聲呼叫
②需要

Someone is *calling for* help.
有人在大聲呼救。
The job *calls for* patience.
這份工作需要耐心。

☐ **care for**
①照顧
②喜歡

Who *cares for* the children?
誰照顧這些孩子？　回 *take care of*
I don't *care for* this music.
我不喜歡這種音樂。

☑ **compensate for** 補償；彌補	Industry sometimes ***compensates for*** lack of ability. 勤勉有時可以彌補能力之不足。 回 *make up for*
☑ **feel for** 同情	We all ***feel for*** you in your great sorrow. 對於你的悲傷，我們都相當同情。 回 *sympathize with*
☑ **fend for** 扶養	She had to ***fend for*** her parents. 她必須供養雙親。 * 比較：fend for oneself 自謀生計 Now that his father is dead, he must *fend for himself.* 因為他父親死了，他就得自力更生。
☑ **leave for** 前往	He ***left for*** Paris to see the fashion show. 他前往巴黎看時裝展。 * 比較：He *left* London *for* Paris. 他離開倫敦前往巴黎。
☑ **long for** 渴望	How I ***long for*** a sight of my hometown! 我多麼渴望看到我的家鄉！ 回 *wish for*
☑ **look for** 尋找	What are you ***looking for***? 你正在找什麼？ 回 *seek*
☑ **make for** 走向；有助於	Good communication ***makes for*** mutual understanding. 良好的溝通有助於彼此的了解。
☑ **pass for** 被當做	Mr. Green ***passes for*** a great scholar. 格林先生被當作是一位偉大的學者。 回 *be accepted as*
☑ **pay for** 付款；支付	I have already ***paid for*** the book. 我已付清書錢。

☐ **provide for**
扶養

He must *provide for* a large family.
他必須扶養一個大家庭。

☐ **qualify for**
取得資格；合格

I didn't *qualify for* the finals.
我沒有取得決賽的資格。

☐ **search for**
尋找

Birds *search for* a good place to raise their young in summer.
群鳥會在夏天尋找適合養育幼鳥的地方。
同 *be in search of*

☐ **send for**
延請；派人去請

There is a car accident; we must *send for* a policeman.
發生車禍了，我們必須請警察來。

☐ **sit for**
參加(考試等)

He was admitted without *sitting for* the examination. 他獲准免試入學。
＊sit up 熬夜

☐ **stand for**
代表

GNP *stands for* gross national product.
GNP 代表國民生產毛額。

☐ **start for**
動身；出發

He *started for* London this morning.
他今早動身前往倫敦。

☐ **strive for**
努力爭取

Women should *strive for* the equality in employment.
女性應努力爭取就業機會的平等。

☐ **wait for**
等待

Are you *waiting for* anybody？
你在等人嗎？
＊wait (up)on 侍候

❦ 重要試題演練 ❦

( ) 1. I believe I would score high enough to qualify _____ a provincial high school.
(A) with   (B) for   (C) to   (D) at

( ) 2. He accounted _____ the fact that airplanes can fly.
(A) for   (B) at   (C) with   (D) by

( ) 3. When you _____ for a job, the prospective employer would like to know whether you meet the requirements.
(A) qualify   (B) make   (C) apply   (D) stand

( ) 4. You will have to answer _____ your wrong.
(A) to   (B) at   (C) in   (D) for

( ) 5. Wisely explored and fairly distributed of its harvests, the sea stands _____ a potential promise.
(A) to   (B) in   (C) at   (D) for

( ) 6. Allowing _____ the flight being late, she should be back by noon.
(A) in   (B) to   (C) for   (D) on

( ) 7. Many people strive _____ things other _____ money and fame.
(A) for , by   (B) for , than   (C) at , of   (D) of , for

( ) 8. Rightly or wrongly, wars _____ for better reading than peace does.
(A) go   (B) stand   (C) make   (D) prepare

( ) 9. Paul : How often does the bus leave _____ the museum?
David: Every half an hour.
(A) for   (B) at   (C) to   (D) away

(　) 10. Speaking the language the way you do, you can pass for a native.
 (A) 聽你講話，別人會認爲你是當地人。
 (B) 你的語言才能勉強及格。
 (C) 你的鄉音太重，人家一聽就知道你是外鄉人。
 (D) 你的英文講得太好了，簡直可以冒充美國人。

(　) 11. Man longs _____ immortal loyalties and imperishable deeds, but lives out most of his years trying to learn how not to reach for more than he can grasp or to bite off more than he can chew.
 (A) for 　　　(B) with 　　　(C) to 　　　(D) on

(　) 12. 有些人一點也不喜歡看電影。（依序複選）
 (A) Some people 　　　(B) not like a little
 (C) don't care for 　　　(D) moving pictures
 (E) at all

(　) 13. We must send _____ a doctor at once.
 (A) for 　　　(B) to 　　　(C) in 　　　(D) at

(　) 14. When you read to learn, you should look _____ main and supporting ideas.
 (A) with 　　　(B) after 　　　(C) for 　　　(D) on

 15. The letters "R. O. C." stand _____ the Republic of China.

答　案

1.(**B**)	2.(**A**)	3.(**C**)	4.(**D**)	5.(**D**)
6.(**C**)	7.(**B**)	8.(**C**)	9.(**A**)	10.(**A**)
11.(**A**)	12.(**ACDE**)	13.(**A**)	14.(**C**)	15.*for*

• 公式 *20* •

《 動詞 + 介系詞 from 》
abstain from 型

☑ **abstain from**
戒除

You must ***abstain from*** drinking.
你必須戒酒。
圓 *refrain from*

☑ **come from**
出生於

I ***come from*** America.
我出生於美國。
＊比較：I just *came from* America.
我剛從美國來。

☑ **die from**
因～而死

She ***died from*** the injury.
她因受傷而死。
＊通常 die from 指由於外傷或不注意的原因而
死，die of 則指死於疾病、飢餓或衰老等。

☑ **differ from**
和～不同

He ***differs from*** his brothers in looks.
他的長相和幾個兄弟不同。
圓 *be different from*

☑ **hear from**
收到信；
得到消息

I have not ***heard from*** him for a long
time. 我已很久沒有得到他的消息。
＊hear of 聽說
I've never *heard of* him. Who is he?
我從未聽說過他這個人。他是誰？

☑ **keep from**
阻止；使不能

She could not ***keep from*** laughing.
她忍不住笑。
＊比較：Bad weather *kept* me *from* going
out. 惡劣的天氣使我無法外出。

☐ **part from**
離開

I would by no means *part from* you.
無論如何我絕不離開你。　　回 *leave*
* part with 放棄～
　apart from 除了～之外

☐ **proceed from**
由～引起

All these diseases *proceed from* negligence of hygiene.
這些疾病都是由於不注意衛生而引起的。

☐ **recover from**
康復；痊癒

The patient *recovered from* a cold quickly.
病人的感冒很快就康復了。

☐ **refrain from**
克制；避免

Although she was in deep grief, she tried to *refrain from* tears before the public.
雖然她很難過，但在衆人面前仍強忍淚水。

☐ **result from**
起因於；源起

Accidents often *result from* carelessness.
意外事件通常起因於粗心。
* result in 導致
　result from＋原因，result in＋結果，皆不可用被動。

☐ **suffer from**
罹患；
受～之苦

She is *suffering from* influenza.
她罹患了流行性感冒。

✦ 重要試題演練 ✦

( ) 1. A developing country will never recover _____ the damage out of energy shortage and insufficient capital.
(A) in   (B) of   (C) from   (D) at

( ) 2. An autopsy showed that death _____ causes other than the transplant.
(A) resulted from   (B) resulted in
(C) caused from   (D) brought in

( ) 3. Much of the world's population is suffering _____ hunger.
(A) for   (B) from   (C) of   (D) with

( ) 4. What shall I do to _____ this _____ getting dirty?
(A) derive , from   (B) stand , for
(C) lead , to   (D) keep , from

( ) 5. I've heard nothing from him for a very long time. =
(A) He hasn't spoken to me for a long time.
(B) He hasn't written an letter to me for a long time.
(C) Nobody has told me anything about him for a long time.
(D) We are no longer on speaking terms.

( ) 6. A Taiwanese temple _____ a western church in that the former has no central passage.
(A) differs from   (B) refrains from
(C) hears from   (D) abstain from

( ) 7. He has _____ his illness.
(A) sent for   (B) recovered from
(C) played in   (D) turned into

答 案

1.**(C)**   2.**(A)**   3.**(B)**   4.**(D)**   5.**(B)**   6.**(A)**   7.**(B)**

公式 21

《 動詞 + 介系詞 in 》
abound in 型

動詞後面由於介系詞的不同，意義也不同。如 succeed in（成功）和 succeed to（繼承）；consist in（在於）和 consist of（由～組成）；result in（導致）和 result from（起因於）。

☐ **abound in**
充滿；很多

His novel *abounds in* abstract symbols.
他的小說充滿了抽象的比喻。
圓 *be abundant in*

☐ **believe in**
相信(有)

I don't *believe in* God.
我不相信神的存在。
＊比較：
I *believe in* you. 我信任你(的爲人與能力)。
I *believe* you. 我相信你(的話)。

☐ **consist in**
在於

Happiness *consists in* contentment.
知足常樂。　　圓 *lie in*
＊consist of 由～組成
The house *consists of* five rooms.
這幢房子由五個房間組成。

☐ **deal in**
買賣；經營

The merchant *deals in* jewelry.
這名商人從事珠寶的買賣。
＊deal with 處理；對待；涉及
She knows how to *deal with* children.
她知道如何與小孩相處。

☐ **delight in**
喜歡

She *delights in* walking along the river.
她喜歡在河邊散步。

☑ **fail in**
失敗;缺乏

I *failed in* persuading her to give up the election.
我無法說服她放棄選舉。
反 *succeed in*

☑ **indulge in**
沈迷於

He *indulges in* impractical pipe dream.
他沈溺於不切實際的幻想中。

☑ **interfere in**
干涉

Don't *interfere in* my affairs.
不要干涉我的事。
同 *meddle in*   *interfere with 妨礙

☑ **lie in**
在於

All their hopes *lie in* him.
他們所有的希望都在他身上。

☑ **participate in**
參加

Each of you should *participate in* class discussion.
每個人都要參與課堂討論。
同 *take part in*

☑ **persist in**
堅持

She *persisted in* her opinion.
她堅持己見。
同 *insist on*

☑ **result in**
導致;造成

The air crash *resulted in* as many as 200 fatalities.
這次的飛機失事造成多達二百人的死亡。

☑ **succeed in**
成功

He fully *succeeded in* business after his labors.
經過努力之後,他的生意十分成功。
反 *fail in* 失敗   *succeed to 繼承

❖ 重要試題演練 ❖

(　) 1. The uniqueness of this university ＿＿＿＿＿ its liberal
spirit.
(A) results in　(B) leads to　(C) lies in　(D) lies of

(　) 2. She says that she believes ＿＿＿＿＿ peace at all costs.
(A) in　　　(B) on　　　(C) to　　　(D) at

　　 3. " Do you sell used cars? "
" No, we never deal ＿＿＿＿＿ used cars. "

(　) 4. He is a clever man but ＿＿＿＿＿ perseverance.
(A) succeeds in　　　(B) fails in
(C) participates in　　(D) interferes in

(　) 5. He ＿＿＿＿＿ gambling.
(A) results in　　　(B) lies in
(C) turns in　　　(D) indulges in

(　) 6. Scientists succeed ＿＿＿＿protein out of old newspapers.
(A) to make　　(B) at making　　(C) in making
(D) making　　(E) to making

(　) 7. True charity doesn't consist ＿＿＿＿＿ almsgiving.
(A) at　　　(B) in　　　(C) from　　　(D) to

(　) 8. The car was moving so fast that it went through the
highway-dividing fence, ＿＿＿＿＿ a collision in which five
people died.
(A) lying in　　　(B) abounding in
(C) dealing in　　(D) resulting in

┌─────── 答　案 ───────┐
│　1. (C)　2. (A)　3. in　4. (B)　5. (D)　6. (C)　7. (B)　8. (D)　│
└─────────────────────┘

公式 *22*

《 動詞 + 介系詞 of 》
admit of 型

☐ **admit of**
容許

The evidence *admits of* no doubt.
這證據不容置疑。

☐ **approve of**
贊成

Her father will never *approve of* her marrying such a poor man.
她的父親永遠不會贊成她嫁給這麼窮的人。

☐ **become of**
遭遇；發生

What has *become of* him?
他的遭遇如何？
＊須以疑問詞 what 當主詞。

☐ **beware of**
小心；提防

You must *beware of* pickpockets.
你得提防扒手。

☐ **boast of**
自誇

She *boasts of* her son's success.
她自誇兒子的成功。　　圖 *brag of*

☐ **come of**
①起因於
②出身於

His illness *comes of* eating too much.
他的病起因於暴飲暴食。
She *comes of* a good family.
她出身名門。

☐ **complain of**
抱怨

He is always *complaining of* ill-treatment.
他總是抱怨受到虐待。
圖 *complain about*

☐ **conceive of**
想像；設想

I can't *conceive of* her killing herself.
我無法想像她為什麼要自殺。

☑ **consist of**
由～組成

Water *consists of* hydrogen and oxygen.
水由氫和氧所組成。
同 *be made up of*; *be composed of*

☑ **despair of**
絕望；死心

The doctor *despaired of* saving the baby's life. 醫生放棄救活嬰兒的希望。

☑ **die of**
因～而死

She *died of* cancer.
她死於癌症。
＊死於疾病、飢餓、衰老以外的原因，用 die from。
　She *died from* the wound. 她受傷而死。

☑ **dispose of**
處理

You should *dispose of* your old car before buying a new one.
你在買新車之前，應該先把舊車處理掉。

☑ **hear of**
聽說

She hadn't *heard of* his death when I met her.
當我遇見她時，她尚未聽說他的死訊。
同 *receive news of*

☑ **repent of**
後悔

She soon *repented of* her hasty marriage.
她不久就後悔自己草率結了婚。

☑ **speak of**
提到

This is the book he *spoke of* yesterday.
這就是他昨天提到的那本書。
＊not to speak of 更不用說

☑ **think of**
①想到

②著想

She felt depressed *thinking of* her failure in the Joint College Entrance Exam.
一想到大學聯考失敗，她就感到沮喪。
You have to *think of* your parents.
你必須為你的父母著想。
＊比較：You'd better *think over* the matter.
　　　　你最好仔細考慮這件事。

✿ 重要試題演練 ✿

( ) 1. Christina : What do you think _____ Clark Gable？
   (A) of　　　(B) for　　　(C) to　　　(D) with

2. (中譯英) 張先生去年去了日本，就再無消息。
   (heard of, Mr. Chang)

   _____

3. (英譯中) I know the address well enough, but I can't
   think of it at the moment.

   _____

( ) 4. Mary doesn't much approve _____ my playing golf.
   (A) on　　　(B) at　　　(C) of　　　(D) to

( ) 5. Our school consists _____ 12 classes.
   (A) for　　　(B) at　　　(C) on　　　(D) of

( ) 6. Everybody complained _____ the rainy days.
   (A) for　　　(B) at　　　(C) of　　　(D) to

( ) 7. But if we go back about 300 years we would find
   that nobody had even heard _____ seashore holidays.
   (A) at　　　(B) from　　　(C) in　　　(D) of

答案

1. (**A**)
2. *We haven't heard of Mr. Chang since he went to Japan last year.*
3. 這地址我清楚得很，但是我一時想不起來。
4. (**C**)　　　5. (**D**)　　　6. (**C**)　　　7. (**D**)

● 公式 *23* ●

《 動詞 + 介系詞 on [upon] 》
act on 型

---

upon 和 on 的意思相同，一般在口語或非正式用法中都用 on 。
而 brood on, feed on, turn on, live on 則通常只用 on 。

☐ **act on**
　①遵照～行事
　②對～有效

　　　She *acted on* his advice.
　　　她遵照他的勸告行事。
　　　This drug *acts on* the heart.
　　　這藥對心臟有效。

☐ **agree on**
　同意

　　　It was *agreed on* that we should start at 7.
　　　我們大家同意在七點鐘出發。

☐ **attend on**
　照料

　　　She *attended on* her sick aunt.
　　　她照顧她生病的姑媽。
　　　* attend to 注意

☐ **bear on**
　與～有關

　　　His words don't *bear on* the question.
　　　他所說的話與此問題無關。

☐ **brood on**
　沈思

　　　He *brooded on* how to arrange for his future. 他想著如何規劃他的未來。
　　　同 *brood over*

☐ **call on**
　①拜訪

　②請求

　　　She *called on* me last Sunday.
　　　她上星期天來拜訪我。
　　　* 受詞若是 my house，則要用 call at 。
　　　I *called upon* him to make a speech.
　　　我請求他發表演說。

☑ **come upon**
偶然發現或遇見

A disaster *came upon* him.
他遇上了一場災難。
They *came upon* him in the train.
他們在火車上碰到他。
回 *come on*

☑ **concentrate on** 專心於

You should *concentrate on* your work.
你應該專心於你的工作。
＊比較： You should *concentrate* your
attention *on* your work.
你應該集中你的注意力在你的工作上。

☑ **count on**
依賴

You had better not *count on* his help.
你最好不要依賴他的幫助。
回 *rely on*; *depend on*

☑ **dawn on**
恍然大悟；
開始了解

It *dawned on* me that I was deceived.
我覺悟到我被騙了。
＊dawn 當名詞作「黎明」解。

☑ **decide on**
決定

In the end I *decided on* the red
sweater. 最後，我決定要紅色的毛衣。

☑ **depend on**
①依賴；信任
②取決於；
視～而定

You can *depend on* his professional
technique. 你可以信任他的專業技術。
Your promotion *depends on* your
performance during the past six months.
你的升遷取決於過去六個月的表現。

☑ **dwell on**
沈思

It's no use *dwelling on* your past failure.
老是想著過去的失敗是沒有用的。

☑ **fall on**
適逢

Christmas Day *falls on* Monday this year.
今年的耶誕節是星期一。

☐ **feed on**
以～爲食

Cattle *feed* chiefly *on* grass.
牛以草爲主食。
＊主詞若是人，則要用 live on 。

☐ **gorge on**
狼吞虎嚥；貪食

He is *gorging on* rich food.
他正貪婪地吃著美食。

☐ **hit upon**
忽然想到

He *hit upon* a good plan for making money.
他忽然想出一個賺錢的好計畫。
回 *come upon* ; *find by chance*

☐ **impose on**
利用；欺騙

He *imposed on* her kindness.
他利用她的仁慈。

☐ **insist on**
堅持

She *insisted on* the importance of love.
她堅持愛的重要。　　回 *persist in*

☐ **live on**
①以～爲食
②靠～過活

The Chinese *live on* rice.
中國人以米爲食。
He *lives on* his wife's income.
他靠他妻子的收入過活。

☐ **look on**
①視爲
②面向～

I *looked* (*up*)*on* him as my best friend.
我視他爲我最好的朋友。
The house *looks on* the river.
屋子面向河流。

☐ **take on**
承擔；採用

Being a general manager, you must *take on* heavy responsibilities.
身爲總經理，你必須承擔重大責任。

☐ **wait on**
侍候

She *waits on* her husband hand and foot.
她盡力地侍候她的丈夫。　　＊wait for 等待

☐ **work on**
從事於；影響

He is *working on* a book about the Vietnam War.
他正在寫一本關於越戰的書。

✤ 重要試題演練 ✤

( ) 1. Mother : Please remember to mail those letters for me on your way to school.
George : Sure, you can count _____ me.
(A) with　　　(B) for　　　(C) on　　　(D) in

( ) 2. We couldn't understand why he _____ John's arrival.
(A) insisted upon leaving before
(B) was insist on leave before
(C) insists to leave before
(D) insisted to leaving before

( ) 3. But such cases of luck are exceptional, and cannot be counted on.
(A) 計算　　　(B) 估計　　　(C) 依賴　　　(D) 相信

( ) 4. Man lived _____ rough roots to protect his jaw.
(A) on　　　(B) in　　　(C) with　　　(D) for

( ) 5. The Roman method of communication _____ very much _____ high towers.
(A) called , on　　　　　(B) depended , on
(C) came , upon　　　　(D) lived , on

( ) 6. We should have some principle to act _____ .
(A) on　　　(B) up　　　(C) for　　　(D) as

( ) 7. I will _____ you next week.
(A) ring up　　　　　(B) believe in
(C) call on　　　　　(D) make believe

8. 我整天都研究這個問題，到現在還沒解決。
I _____ _____ _____ _____ the problem all day, but it is not solved yet.

(　) 9. The majority of animals that ＿＿＿＿＿ plants can exist on a great variety of green-stuff, and do not have one particular type of plant to which they are restricted.

(A) call on   (B) agree on
(C) act on   (D) feed on

(　) 10. I had not gone far when I ＿＿＿＿＿ an old man.

(A) came over   (B) took off
(C) came upon   (D) brought up

(　) 11. A Japanese wife was formerly expected to wait ＿＿＿＿＿ her husband hand and foot.

(A) on   (B) to   (C) for   (D) at

12. (中譯英) 這計劃成功完成後，大部份參與工作的工程師都升職了。

＿＿＿＿＿＿＿＿＿＿＿＿＿＿＿＿＿＿＿＿＿＿＿＿＿＿＿＿＿

答 案

1.(**C**)　2.(**A**)　3.(**C**)　4.(**A**)　5.(**B**)　6.(**A**)　7.(**C**)

8. *have, been, working, on* 9.(**D**)　10.(**C**)　11.(**A**)

12. *After the project had been successfully finished, most of the engineers who worked on it were promoted.*

● 公式 24 ●

《 動詞 + 介系詞 over 》
brood over 型

☑ **brood over**
沈思

He was *brooding over* the problem.
他正沈思著那個問題。　　圓 *brood on*

☑ **come over**
①從遠處來
②佔據；侵襲

He *came over* from London to see us.
他遠從倫敦來看我們。
A sudden wave of sickness *came over*
me. 我突然覺得不舒服。

☑ **cry over**
為～痛哭

The mother *cried over* her son killed
in the war. 母親為戰死的兒子痛哭不已。

☑ **get over**
①克服

②恢復；痊癒

You have to *get over* your shyness if you
want to be a politician.
如果你要成為政治人物，必須克服羞怯的心理。
I hope you can *get over* your cold soon.
希望你的感冒能很快好起來。
圓 *recover from*

☑ **go over**
①檢查
②複習

Please *go over* the answers before you
hand in the paper. 交考卷前，請先檢查答案。
Do you *go over* the lessons yesterday?
你昨天有沒有複習功課？

☑ **look over**
檢查

The policeman *looked over* my license.
警察檢查我的執照。

☑ **make over**
修改

I want to have this coat *made over*.
我想要修改這件外套。

☐ **ponder over**
沉思

He *pondered* long and deeply *over* the question. 他對那問題做了長久而深沈的思考。
同 *muse on*

☐ **run over**
①輾過；跑過去

②很快地讀一遍

He was *run over* by a bus.
他被一輛公車輾過。

I *ran over* my notes during the lunch hour.
吃中飯時，我迅速地看了一次筆記。

☐ **tide over**
(使)度過；
(使)克服

The one hundred dollars *tided* him *over* until payday.
他靠一百元支撐到發薪日。

☐ **watch over**
①看管

②保護(免受危害)

Please *watch over* my suitcase while I go to get the ticket.
我去買票時，請幫我看行李。

She *watched over* us like a mother hen over her brood.
她像母雞照顧小雞似的保護我們。

❖ 重要試題演練 ❖

( ) 1. The train ran _____ him.
   (A) by
   (B) over
   (C) short
   (D) through

   2. Miss Lin has looked _____ the typewriters in the office.
   = Miss Lin has examined the typewriters in the office.

( ) 3. He signed the contract without even _____ it _____ .
   (A) look , over
   (B) looking , over
   (C) looks , over
   (D) looked , over

( ) 4. It took me a long time to _____ my cold.
   (A) run over
   (B) tide over
   (C) ponder over
   (D) get over

( ) 5. There is no use _____ spilt milk.
   (A) brooding over
   (B) taking over
   (C) crying over
   (D) thinking over

( ) 6. Mary : It's Mother's Day today. I've got to run _____ to the shop to get some fresh flowers.
   (A) over
   (B) across
   (C) away
   (D) after

答 案
---

1. (**B**)   2. *over*   3. (**B**)   4. (**D**)   5. (**C**)   6. (**A**)

━● 公式 *25* ●━━━━━━━━━━━━━━━━━━━━━━━━━━

《 動詞＋介系詞 to 》
admit to 型

☑ **admit to**
①承認
②進入；通往

He *admits to* stealing his parents' money.
他承認偷了父母親的錢。

The door *admits to* the drawing room.
此門通往客廳。

☑ **agree to**
同意

He *agreed to* my proposal.
他同意我的提議。　　回 *assent to*
＊受詞若是人，則介系詞用 with 。
I agree *with* you. 我同意你。

☑ **amount to**
總計；共達

The loss *amounted to* twenty thousand
dollars. 損失總計達兩萬元。

☑ **appeal to**
吸引；訴諸

Does this picture *appeal to* you?
這幅畫吸引你嗎？　　回 *attract*

☑ **apply to**
適用於

This theory does not *apply to* the case.
這理論不適用這個情況。
＊比較：apply paint to a house 油漆房子
apply oneself to one's work
專心於工作

☑ **attend to**
注意

She *attended to* what the teacher said.
她注意聽老師說的話。

☑ **belong to**
屬於

The notebook *belongs to* me.
這本筆記本是我的。　　＊不可用進行式。

☐ **cling to**
①緊抓著

The little boy *clung to* his mother's skirt in fear.
小男孩害怕得緊抓著母親的裙子。

②堅持

The government *clings to* a policy of hostility. 政府堅持探取敵對政策。

☐ **conform to**
順從；一致

As a member of the club, you must *conform to* the rules.
身爲俱樂部的一員，你必須遵守規定。

☐ **contribute to**
有助於；貢獻

Sunshine *contributes to* the health of the body. 陽光有助於身體健康。
＊比較：He *contributed* much money *to* the Red Cross. 他捐獻鉅款給紅十字會。

☐ **lead to**
通往；導致

All roads *lead to* Rome. 條條大路通羅馬。
His self-assertion *led to* his failure.
他的一意孤行導致了失敗。

☐ **object to**
反對

I *objected to* waiting another year.
我反對再等一年。　圓 *take objection to*
＊object to 之後接名詞或動名詞。

☐ **occur to**
使想起

It *occurred to* me that I had no money.
我突然想到我沒有錢。
＊常用 it 做形式主詞。
＊注意 occur 的過去式要重覆 r 再加 ed。

☐ **refer to**
①提到；引用

The speaker often *referred to* the Bible.
演講者常常引用聖經的內容。
＊refer to ~ as 認爲~是

②參考；查詢

If you have any problems, you can *refer to* an encyclopedia.
如果你有任何問題，可以查閱百科全書。

☑ **resort to**
訴諸

Never *resort to* force.
絕不可訴諸武力。

☑ **see to**
注意

Please *see to* the fire before you go out.
出門前，請留心一下火燭。
圆 *attend to*

☑ **stick to**
堅持

All the businesses should *stick to* the principle of fair play.
所有的生意都應堅守公平交易的原則。
圆 *hold to*；*adhere to*

☑ **submit to**
屈服；順從

He *submitted to* the majority decision.
他服從了多數的決定。

☑ **succeed to**
繼承

He *succeeded to* his uncle's title and estates. 他繼承了叔父的爵位和財產。
＊succeed in 成功
He *succeeded in* winning the prize.
他成功地贏得此獎。

☑ **take to**
①喜歡
②沉迷於

Do you *take to* the new teacher?
你喜歡那位新來的老師嗎？
She has *taken to* smoking since then.
她從那時起開始染上煙癮。

☑ **turn to**
①求助於
②著手(工作)

You can *turn to* music for comfort.
你可從音樂中得到慰藉。
He *turned to* his homework.
他開始做功課了。

☑ **yield to**
屈服

You must not *yield to* any temptation.
你不可屈服於任何誘惑。
圆 *give way to*；*give in to*；*submit to*

❖ 重要試題演練 ❖

( ) 1. She _____ taking pictures.
    (A) set up   (B) submitted to
    (C) turned to   (D) led to

( ) 2. Effort alone leads _____ success.
    (A) to   (B) in   (C) up   (D) at

( ) 3. Richard Nixon, the former U. S. President, _____ by
    his enemies as "tricky Dick."
    (A) is referred as   (B) referred to
    (C) is referred to   (D) referred as

( ) 4. Good health _____ his success.
    (A) took away   (B) contributed to
    (C) touched on   (D) took after

( ) 5. The idea of becoming famous <u>appeals to</u> many people.
    (A) attracts   (B) enjoys   (C) claims   (D) requires

( ) 6. Ordinary light consists of waves referred _____ "in-
    coherent" light.
    (A) to   (B) as   (C) as to   (D) to as

    7. (中譯英) 我恐怕他會反對我們的計劃。(object to)

    _____

―――――――― 答 案 ――――――――
   1.(**C**)   2.(**A**)   3.(**C**)   4.(**B**)   5.(**A**)   6.(**D**)
   7.*I am afraid he will object to our plan.*

• 公式 *26* •

《 動詞 + 介系詞 with 》
agree with 型

☑ **agree with**
同意

I *agree with* you on this point.
在這一點上，我認同你。

☑ **associate with**
與～交往

Don't *associate with* dishonest boys.
不要和不誠實的男孩交往。
＊比較：We *associated* giving presents *with* Christmas.
我們把送禮和聖誕節聯想在一起。

☑ **begin with**
從～開始

Let's *begin with* Lesson 1.
我們從第一課開始吧。
＊to begin with 首先

☑ **break with**
與～絕交

You had better *break with* such a bad friend. 你最好與這種壞朋友絕交。
圓 *sever relations with*

☑ **check with**
符合；聯繫

Do these figures *check with* the bank statement? 這些數字符合銀行的報表嗎？

☑ **communicate with**
聯絡；通信

I often *communicate with* my friends by E-mail.
我常用電子郵件與朋友聯絡。

☑ **comply with**
順從；遵守

You must *comply with* the rules.
你必須遵守規則。
圓 *obey* ; *follow* ; *observe*

☑ **consist with** 符合	The report *consists with* facts. 這篇報導符合事實。 * consist of 由～組成　　consist in 在於
☑ **cope with** 應付	The government didn't know how to *cope with* the situation. 政府不知道該如何應付這種情況。
☑ **deal with** 處理；對待	I must *deal with* many problems. 我必須處理許多問題。
☑ **dispense with** 免除	You cannot *dispense with* an English-English dictionary. 你不能沒有英英字典。
☑ **do with** ①處置 ②忍受	He has no idea what to *do with* the money. 他不知如何處置這筆錢。 I can't *do with* her arrogance. 我不能忍受她的傲慢。
☑ **go with** 搭配	This color does not *go with* that shirt. 這顏色和那件襯衫不配。
☑ **interfere with** 妨害	Drinking often *interferes with* health. 喝酒通常有害健康。　 * interfere in 干涉～
☑ **meet with** ①遭遇 ②會見	The expedition *met with* a violent storm. 探險隊遭遇到強烈的暴風雨。 I *met with* her in my office. 我在辦公室會見了她。
☑ **part with** 放棄；賣掉	He has *parted with* his house. 他已賣掉他的房子。　 * part from 與～分手
☑ **sympathize with** 同情	He *sympathized with* the people in their afflictions. 他同情這些人的痛苦。 囘 *feel for*

✦ 重要試題演練 ✦

(　　) 1. Does all this check _____ with what you know about him?
    (A) for   (B) with   (C) to   (D) as

(　　) 2. A physical scientist would find the restrictions imposed upon social scientists quite easy to cope _____ .
    (A) into   (B) on   (C) with   (D) as

(　　) 3. The courts _____ those who break the laws.
    (A) put up with   (B) deal with
    (C) go with   (D) meet with

(　　) 4. Don't do anything without checking _____ me.
    (A) with   (B) in   (C) out   (D) on

(　　) 5. We often come across people _____ whom we disagree.
    (A) to   (B) in
    (C) with   (D) in regard for

(　　) 6. In England, spring really begins _____ the first of May.
    (A) in   (B) at   (C) for   (D) with

(　　) 7. It's difficult to break _____ old habits.
    (A) out   (B) into   (C) with   (D) through

(　　) 8. No African language has met _____ much success in becoming a national language.
    (A) for   (B) across   (C) with   (D) of

答案

1.(**B**)　2.(**C**)　3.(**B**)　4.(**A**)　5.(**C**)　6.(**D**)　7.(**C**)　8.(**C**)

公式 27

《 動詞 + 其他介系詞 》
care about 型

☐ **care about**
在乎；關心

He doesn't *care about* what others would think. 他一點也不在乎別人怎麼想。

☐ **set about**
著手

He is too lazy to *set about* the task. 他很懶惰，不肯著手做這項工作。　　同 *start*

☐ **think about**
回想；考慮

I'm *thinking about* my days in school. 我正在回想我求學時期的事。

☐ **come across**
偶然發現；
偶然遇到

I *came across* this book in a bookstore. 我在一家書店中偶然發現這本書。
同 *meet or find unexpectedly*

☐ **run across**
偶然遇到

I *ran across* an old friend of mine in the library. 我在圖書館偶然遇到一位老朋友。
同 *come across*

☐ **inquire after**
問候

She *inquired after* your health.
她問候你的健康。　　同 *ask after*

☐ **look after**
照顧

I must *look after* my younger sisters.
我必須照顧我的妹妹。　　同 *take care of*

☐ **name after**
以~命名

The child was *named after* her mother.
這孩子以她母親的名字命名。
*name A after B 以 B 的名字命名 A

☐ **take after**
像(父母)

My son does not *take after* me in any way.
我兒子一點也不像我。　　同 *resemble*

☐ **provide against** 預防

You must *provide against* bankruptcy by sound investment.
你必須穩當地投資，以防破產。

☐ **bring along** 培養；訓練

We try to *bring along* some promising young swimmers.
我們嘗試培養一些有潛力的年輕游泳選手。

☐ **carry away** 感動；使入迷

He was *carried away* by the music.
他深為音樂所感動。

☐ **abide by** 遵守

Do your best and *abide by* your promise.
盡力去做，並且遵守你的承諾。　　📖 *adhere to*

☐ **go by** (時間)過去

Time *goes by* slowly at the office.
在辦公室裡時間過得真慢。

☐ **stand by** 支持

We'll *stand by* you whatever happens.
無論發生什麼事，我們都會支持你。
＊當不及物動詞時，作「旁觀」解。

☐ **break into** ①闖入 ②突然～

Burglars *broke into* the bank.
夜賊闖入了銀行。
She *broke into* laughter. 她突然放聲大笑。

☐ **change into** 變成

Ice *changes into* water rapidly on a hot day. 天氣炎熱時，冰很快就會化成水。

☐ **come into** 進入；繼承

He *came into* a great fortune from his father. 他從他父親手中繼承了一大筆財產。

☐ **develop into** 發展成

London *developed into* the general mart of Europe. 倫敦已發展成為歐洲的商業中心。

☐ **get into** 穿起

These boots are too tight; I can't *get into* them. 這些靴子太緊，我穿不進去。

☐ **go into**
①進入；從事
②考慮；討論

He feels like *going into* advertising for a change. 他想從事廣告業，改變一下。

Let's not *go into* their divorce in front of the neighbors.
我們不要在鄰居面前，談論他們離婚的事。

☐ **look into**
調查

The police *looked into* his record.
警方調查他的紀錄。
同 *investigate* ; *inquire into*

☐ **run into**
偶然遇到

I *ran into* Tom Smith.
我偶然遇到湯姆・史密斯。

☐ **turn into**
變成

He has *turned into* a very pleasant fellow.
他已變成一個很討人喜歡的人。

☐ **break through**
突破；克服

Our army had *broken through* enemy blockades. 我軍已突破敵軍的重重封鎖。

☐ **get through**
完成

We *got through* work at five o'clock.
我們在五點完成工作。　同 *finish*

☐ **go through**
經歷

She has *gone through* many hardships.
她經歷了許多艱辛。
同 *pass through*

☐ **put through**
順利完成；
接通(電話)

Our new plan has been *put through* successfully.
我們的新計劃已大功告成。

☐ **do without**
可以沒有

People cannot *do without* food and air.
人不能沒有食物和空氣。

☐ **go without**
沒有

When I am busy, I *go without* lunch.
我忙碌的時候，就不吃午餐。

⊕ 重要試題演練 ⊕

( ) 1. Then, because everything which goes _____ the garbage can would be made into something useful, the word garbage could lose its meaning.
   (A) upon   (B) to   (C) for   (D) into

( ) 2. John philosophizes that business losses can turn _____ profits if one can recover one's sight.
   (A) on   (B) into   (C) off   (D) for

( ) 3. Will you look _____ the child while I am out?
   (A) against   (B) after   (C) by   (D) with

( ) 4. He was so funny that I couldn't but break _____ a roar of laughter.
   (A) with   (B) through   (C) up   (D) into

( ) 5. Having a credit card enables you to carry very little cash, a consideration in big cities where people _____ security.
   (A) go without   (B) think about
   (C) abide by   (D) look after

( ) 6. You should _____ weaknesses _____ strengths.
   (A) change , to   (B) change , into
   (C) change , between   (D) change , on

( ) 7. Food, drink, clothing, and a roof over one's head--these are the daily necessities that no one can _____ without.
   (A) be   (B) do   (C) make   (D) endure

( ) 8. He <u>ran into</u> an old friend at the station. (選出解釋錯誤者)
   (A) met   (B) bumped into
   (C) came across   (D) crashed into

(　) 9. They have decided they must look further _____ the matter.

(A) after　　　(B) into　　　(C) at　　　(D) for

(　) 10. I <u>came across</u> John at the railway station yesterday.

(A) encountered　　　(B) got through

(C) called on　　　(D) visited

(　) 11. You should abide _____ your promise.

(A) by　　　(B) in　　　(C) for　　　(D) on

(　) 12. Years _____ , and we were very successful with our restaurants.

(A) flying out of sight

(B) broke down

(C) let her down

(D) went by

答 案

1.(**D**)	2.(**B**)	3.(**B**)	4.(**D**)	5.(**B**)	6.(**B**)
7.(**B**)	8.(**D**)	9.(**B**)	10.(**A**)	11.(**A**)	12.(**D**)

● 公式 28 ●

《 動詞 + to + 名詞 》
come to an end 型

本公式中的 come to 意爲「來到；降臨；變成」，因此 come to an end (來到盡頭 ⇨ 結束)，come to life (變成有生命 ⇨ 甦醒)，come to light (來到有光處 ⇨ 被發現；敗露)。另外，請注意本公式中的名詞大部分爲單數，不加冠詞。

☐ **come to an end** 結束	The party *came to an end*. 舞會結束了。
☐ **come to hand** 被收到	Your letter *came to hand* yesterday. 你的信昨天收到了。 同 *be received*
☐ **come to life** 甦醒；復活	She *came to life* after an hour's artificial respiration. 她在一小時的人工呼吸後甦醒了。 ＊bring ～ to life 使～復活；使～甦醒
☐ **come to light** 被發現；敗露	One day the truth will *come to light*. 總有一天眞相會水落石出。　同 *be discovered* ＊bring ～ to light 暴露；使眞相大白
☐ **come to nothing** 無結果	All my efforts have *come to nothing*. 我所有的努力都成泡影。 同 *go for nothing*
☐ **come to oneself** 恢復知覺	She fainted, but soon *came to herself*. 她昏倒了，但很快就恢復了知覺。 反 *lose consciousness* 失去知覺

☑ **come to terms**
達成協議

The two countries *came to terms* in the long run. 兩國最後達成了協議。
回 *reach an agreement*

☑ **come to the throne**
繼承王位

The prince *came to the throne* yesterday. 王子昨天登基。

☑ **go to sea**
當船員

He *went to sea* at sixteen.
他十六歲開始當船員。

☑ **set to work**
開始工作

We *set to work* at once.
我們立刻開始工作。

☑ **go to town**
成功

Larry *went to town* on that real-estate deal and made a large commission.
賴利在房地產買賣上極為成功，因而得到一筆不少的佣金。　回 *be successful*

☑ **stand to reason**
理所當然

It *stands to reason* that I should decline the offer.
我拒絕那項提議是理所當然的。

☑ **come to one's aid** 幫助某人

She *came to my aid* when I was in trouble. 我有麻煩時她來幫我。

☑ **come to one's senses**
甦醒；想清楚

I hope you'll *come to your senses*.
我希望你能想清楚。　回 *come to oneself*
反 *lose one's senses* 昏厥；發瘋

☑ **jump to one's feet** 跳起來

He *jumped to his feet* when she entered. 當她進來時，他跳了起來。

☑ **take to one's heels** 溜之大吉

No sooner had he seen his teacher than he *took to his heels*.
他一看到老師馬上溜之大吉。

⊛ 重要試題演練 ⊛

(　) 1. After being lost for years the document <u>came to light</u> in an old trunk.
(A) was found
(B) has been found
(C) has been destroyed
(D) was destroyed

(　) 2. A : I'm really frustrated. Last semester I failed in two subjects.
B : Take heart! The world doesn't ＿＿＿＿ to an end.
(A) put
(B) come
(C) bring
(D) make

(　) 3. His efforts <u>came to nothing</u>.
= His efforts were ＿＿＿＿.
(A) of use
(B) of success
(C) turned down
(D) in vain

4. He was unconscious, but he came to ＿＿＿＿ soon.

(　) 5. The package came to ＿＿＿＿.
(A) hand
(B) finger
(C) foot
(D) toe

(　) 6. They ＿＿＿＿ to work after lunch.
(A) sit
(B) set
(C) settle
(D) sat

7. The management came to ＿＿＿＿ with the union.

答 案
1.(**A**)	2.(**B**)	3.(**D**)	4. *himself*
5.(**A**)	6.(**B**)	7.*terms*	

• 公式 *29* •

《 動詞 + into + 名詞 》
burst into laughter 型

☐ **burst into laughter**
突然大笑

She *burst into laughter*.
她突然大笑。
* = She burst out laughing.
* burst into tears 突然大哭

☐ **come into being**
開始存在

I wonder when this world *came into being*.
我想知道這世界是何時開始存在的。
回 *come into existence*

☐ **come into force**
生效；實行

This law shall *come into force* on June 1.
這法律將於六月一日開始生效。
回 *come into effect*
* 比較：put ~ into effect 使~生效

☐ **get into debt**
負債

It is easier to *get into debt* than to get out of debt. 借債比還債容易。
* get out of debt 還債

☐ **go into business** 從商

He hopes to *go into business* in the future. 他希望將來從商。

☐ **go (in)to pieces**
①裂為碎片
②身心崩潰

Another ship had *gone to pieces* on the rock.
另一艘船被岩石撞碎了。
Bankruptcy caused the old man to *go to pieces*. 破產使那老人身心崩潰。

❖ 重要試題演練 ❖

( ) 1. If he left, everything would go to pieces.
    (A) He is not going to leave. There is nothing to worry about.
    (B) He will not go--that's what he promised.
    (C) Thing will take a turn for the worse; and then he will leave.
    (D) Everything depends on him.

( ) 2. There are more explanations as to how this idiom came _____ being.
    (A) at   (B) for   (C) into   (D) across

    3. He burst out laughing.
    = he burst _____ laughter.

( ) 4. John is going into business.
    (A) John is all business.
    (B) John is nothing but business.
    (C) John is starting a trade.
    (D) John has earned a great deal of money.

( ) 5. Frightened at the roaring thunder, the baby _____ .
    (A) burst out crying   (B) burst into crying
    (C) burst out tears   (D) burst into laughter

( ) 6. 儘可能不要負債。
    (A) Do as able as possible not to get into debt.
    (B) Do everything you can to pay your debt.
    (C) Do everything within your power not to run into debts.
    (D) Do what you can to avoid paying debts.

───── 答 案 ─────
1. (**D**)   2. (**C**)   3. *into*   4. (**C**)   5. (**A**)   6. (**C**)

● 公式 *30* ●

《 動詞 ＋ 其他介系詞 ＋ 名詞 》
come across one's mind 型

☐ **come across one's mind**
突然想到

A brilliant idea *came across my mind*.
我突然想到一個聰明的主意。
同 *occur to* ; *come into one's mind*

☐ **come in sight**
看得到

The sea *came in sight*.
看得到海了。
反 *go out of sight* 看不到

☐ **change for the better**
好轉

The world situation will soon *change for the better*. 世界局勢很快就會好轉。
反 *change for the worse* 惡化

☐ **down on one's neck**
找某人麻煩

She was a talkative girl and each of her classmates were *down on her neck*.
她是愛講話的女孩，每位同學都想找她麻煩。

☐ **feel at ease**
感到自在

She *felt at ease* with him.
她和他在一起感到自在。
反 *feel ill at ease* 侷促不安

☐ **follow in one's footsteps**
效法

You should *follow in* your father's *footsteps*. 你應該效法你父親。
＊亦可作「跟在某人的後面走」解。

☐ **get on one's nerves**
使某人心煩

That noise *gets on my nerves*.
那噪音使我心煩。
同 *annoy* ; *irritate*

☐ **go for a walk**
散步

They used to *go for a walk* in the park after dinner. 他們以前常在晚飯後到公園散步。
同 *take a walk*

☐ **go out of one's mind**
發瘋；失去理智

He must have *gone out of his mind*.
他一定發瘋了。
同 *lose one's mind*

☐ **live beyond one's means**
生活過分奢侈

It is not good for us to *live beyond our means*.
對我們來說生活過分奢侈是不好的。
反 *live within one's means* 過著量入爲出的生活
* means 作「財富；財產」解。

☐ **live from hand to mouth**
生活僅夠糊口

When he was out of work, he *lived from hand to mouth*. 他失業後，生活僅能糊口。
* be as poor as a church mouse
　一貧如洗

☐ **put up for the night**
①留宿
②供以食宿

We *put up for the night* at a hotel.
我們在旅館投宿過夜。
I'm sorry I can't *put you up for the night*.
很抱歉我不能留你過夜。

☐ **read between the lines**
讀出言外之意

The students have to *read between the lines* to understand the poém written by T. S. Eliot.
學生必須體會言外之意，才能看懂艾略特的詩。

✦ 重要試題演練 ✦

(   ) 1. Let's go _____ a walk after dinner, shall we?
     (A) at   (B) to   (C) for   (D) of

    2. (中譯英) 他的聲音使我不安。

    _____

(   ) 3. (挑錯並改正) I always <u>felt</u> <u>badly</u> at <u>ease</u> in my teacher's
                      (A)   (B)   (C)

     <u>presence</u>.
       (D)

(   ) 4. When we read, we must read _____ the lines.
     (A) between   (B) into   (C) within   (D) by

(   ) 5. We are living from _____ .
     (A) hand to the mouth   (B) the hand to mouth
     (C) hand to mouth   (D) the hand to the mouth

(   ) 6. (挑錯並改正) <u>His</u> condition <u>will</u> soon <u>change</u> for <u>better</u>.
                    (A)   (B)   (C)   (D)

答 案

1. (**C**)	2. *His voice gets on my nerves.*
3. (**B**) *badly → ill*	4. (**A**)
5. (**C**)	6. (**D**) *better → the better*

● 公式 *31* ●

《 動詞 + 其他介系詞 + 名詞 + $\begin{cases} 連接詞 \\ 介系詞 \end{cases}$ 》

be in love with 型

☑ **be in love with** 與～戀愛

He *was in love with* her.
他和她戀愛了。

☑ **be in touch with** 和～保持連絡

He *is in touch with* his friends abroad.
他和國外的朋友保持連絡。

☑ **come to the conclusion that** 得到結論

We have *come to the conclusion that* she is honest.
我們所得到的結論是，她是誠實的。
回 *reach the conclusion that*

☑ **fall in love with** 愛上～

He *fell in love with* her at first sight.
他對她一見鍾情。

☑ **get in touch with** 和～聯絡

Get in touch with the police right away.
立刻和警方聯絡。

☑ **keep in touch with**
①和～保持連絡
②了解近況

I still *keep in touch with* my old friends.
我仍和老朋友有聯絡。
We must *keep in touch with* what is happening in the world.
我們必須時時注意世上所發生的事。

☑ **see to it that** 注意

See to it that you're not late again.
千萬注意別再遲到了。
＊that 子句中，不可使用 will, shall, may 等表示未來的助動詞。

✤ 重要試題演練 ✤

( ) 1. And they imply that in their day English teachers were a different breed who had standards and _____ no one left their classrooms without being able to write.
   (A) saw that
   (B) saw to it that
   (C) took it that
   (D) had it that

( ) 2. Practically all ships now carry instruments for sending and receiving wireless messages. Thus a ship _____ other ships and lands.
   (A) keeps in touch with
   (B) goes hand in hand with
   (C) is accompanied by
   (D) is aware of

( ) 3. Tom is _____ love with a foreign girl.
   (A) at   (B) of   (C) for   (D) in

   4. (英譯中) See to it that he does not play with matches.

   _____.

( ) 5. I have come to the _____ that she is the criminal.
   (A) contribution
   (B) conclusion
   (C) decision
   (D) diversion

答 案

1.(**B**)〔(A)為口語用法，較不正式，故選(B)〕

2.(**A**)   3.(**D**)   4. 注意別讓他玩火柴。   5.(**B**)

● 公式 *32* ●

《 動詞 + 副詞 off 》
break off 型

☐ **break off**
　①突然中斷
　②斷絕關係

She *broke off* in the middle of the sentence. 她突然在句中停頓下來。
We may *break off* diplomatic relations with that country.
我們可能要和那個國家斷絕外交關係。

☐ **call off**
　取消

The game was *called off* on account of rain. 因爲下雨，比賽被迫取消。　回 *cancel*

☐ **come off**
　舉行；發生

When will your wedding *come off*?
你們的婚禮何時舉行？

☐ **cut off**
　切斷；停止

I was *cut off* while talking on the telephone. 我在打電話時，線路被切斷。

☐ **fend off**
　避開；擋開

He *fended off* blows with his arm.
他用手臂避開打擊。

☐ **get off**
　下車

Let's *get off* at the next stop.
我們在下一站下車。　　反 *get on* 上車
*get off the bus 下公車
　bus, train, boat, plane 等都可用 get off，
　但若是從 taxi 或 car 下來，則要用 get out of。

☐ **give off**
　發出

The gas *gave off* an unpleasant smell.
瓦斯發出一種惡臭。

☐ **go off**
　爆炸

I heard the bombs *going off* in the distance. 我聽到遠處的炸彈爆炸。

☐ **hold off**
①使不接近
②延期

His cold manner *holds* people *off*.
他冷淡的態度使人不敢親近。
We cannot but *hold off* making a decision.
我們不得不延期做決定。

☐ **keep off**
不靠近～

Keep off the grass.
請勿踐踏草地。

☐ **lay off**
暫時解僱

During this season of the year they often *lay off* many workers at that plant.
每年的這個時期，他們都會暫時解僱工廠的員工。

☐ **put off**
延期

Never *put off* till tomorrow what you can do today. 今日事，今日畢。
⊟ *postpone*

☐ **see off**
送行

I went to the station to *see* my aunt *off*.
我到車站為姑媽送行。

☐ **show off**
炫耀

John swims well but I don't like the way he always *shows off* in front of everyone.
約翰游泳技術不錯，但我不喜歡他在眾人面前炫耀的樣子。　⊟ *display with pride*

☐ **take off**
①脫掉

②起飛

Helen *takes off* the coat because it is too warm in the room.
海倫把外套脫掉，因為房間太溫暖了。
The plane *took off* exactly at 8 o'clock.
飛機準時在八點起飛。

☐ **turn off**
關掉

Remember to *turn off* the light before you leave. 離開之前，記得把燈關掉。
⊟ *switch off*
⊠ *turn on*; *switch on* 打開

✤ 重要試題演練 ✤

( ) 1. She wanted to _____ her new shoes.
    (A) put off   (B) show off (C) call off   (D) turn off

( ) 2. He can't get the ring _____ his finger.
    (A) of   (B) off   (C) down   (D) from

( ) 3. The heavy rain made it impossible for the match to go on. So they called it _____ .
    (A) on   (B) at   (C) off   (D) up

( ) 4. I have been to the airport to _____ a friend of mine to Japan.
    (A) send for   (B) let in   (C) let down (D) see off

( ) 5. Doris : I can't find anything worth watching.
    Mom : Then why don't you just _____ the TV and do something else?
    (A) put off   (B) call off
    (C) show off   (D) turn off

( ) 6. They have called off the picnic.
    (A) 打電話   (B) 呼叫   (C) 取消   (D) 脫掉

( ) 7. Although it rained, the parade _____ as planned.
    (A) held off   (B) came off
    (C) kept off   (D) cut off

答　案

1.**(B)**	2.**(B)**	3.**(C)**	4.**(D)**	5.**(D)**
6.**(C)**	7.**(B)**			

• 公式 33 •

《 動詞 + 副詞 on 》
carry on 型

☑ **carry on**
①經營
②繼續

He *carried on* business for many years in Taipei. 他在台北經商多年。
They decided to *carry on* the work. 他們決定繼續工作。

☑ **get on** ①搭乘
②過日子

He *got on* the bus. 他搭上公車。
How are you *getting on*?
你的日子過得怎樣？　圊 *get along*

☑ **go on**
繼續

I hope it won't *go on* raining all day.
我希望雨不會整天下個不停。　圊 *continue*

☑ **hold on**
①堅持下去
②(電話)不掛斷

How much longer can we *hold on*?
我們還能堅持多久？
Hold on a minute. 請等一下。

☑ **lay on**
裝設(水管等)

Gas and water are *laid on*.
瓦斯管和水管都已裝好。

☑ **put on**
穿上；戴上

He *put on* a new hat.
他戴上新帽。　囻 *take off* 脫掉

☑ **try on**
試穿

She *tried on* her new dress.
她試穿新衣。

☑ **turn on**
打開

Please *turn on* the TV
請打開電視機。　囻 *turn off* 關掉

❖ 重要試題演練 ❖

(　) 1. A : Extension 312, please.
　　　 B : Engaged. Will you ＿＿＿＿ ?
　　　 (A) carry on　　(B) go on　　(C) turn on　　(D) hold on

(　) 2. Are you ＿＿＿＿ on for the rest of your life teaching, or are you going to do other things?
　　　 (A) going　　(B) putting　　(C) laying　　(D) trying

(　) 3. Do you know enough English to carry ＿＿＿＿ a conversation in English?
　　　 (A) up　　(B) out　　(C) down　　(D) on

(　) 4. Here. ＿＿＿＿ this apron on first or you'll get grease all over your clothes.
　　　 (A) Put　　(B) Make　　(C) Go　　(D) Try

(　) 5. I ＿＿＿＿ the train every morning at 7:30.
　　　 (A) turn off　　　　　　(B) attend to
　　　 (C) get on　　　　　　(D) lie in

(　) 6. If you are going to read there, please ＿＿＿＿ a light.
　　　 (A) hold on　　　　　　(B) get on
　　　 (C) hurry on　　　　　 (D) turn on

(　) 7. He returned home and ＿＿＿＿ his best.
　　　 (A) put up with　　　　(B) put on
　　　 (C) laid on　　　　　　(D) pulled over

答 案

1. (**D**)　　2. (**A**)　　3. (**D**)　　4. (**A**)　　5. (**C**)
6. (**D**)　　7. (**B**)

● 公式 *34* ●

《 動詞 + 副詞 out 》
back out 型

☐ **back out**
食言

At the last minute John *backed out* and refused to go with us.
約翰在最後食言，拒絕和我們一起去。

☐ **bear out**
證實

Recent discoveries will *bear* his prediction *out*.
近來的種種發現將使他的預言成爲事實。

☐ **break out**
爆發

World War II *broke out* in 1939.
第二次世界大戰在一九三九年爆發。

☐ **bring out**
出版；顯示

The publishers will *bring out* his new book next week. 出版社下週將出版他的新書。

☐ **carry out**
實行；遵從

You must *carry out* what you have promised. 你必須實現你的承諾。

☐ **figure out**
理解

I can't *figure out* what they mean.
我無法理解他們的意思。

☐ **find out**
發現；找出

You should *find out* the answer for yourself. 你應該自己去找答案。

☐ **give out**
①用完

Our food supplies began to *give out*.
我們存的食物要吃完了。

②分發

An usher stood at the door *giving out* programs. 招待員站在門口分發節目單。

☑ **go out**
　熄滅

The fire has **gone out**.
火已熄滅。　＊go off　爆炸

☑ **leave out**
　遺漏；刪掉

You **left out** a vital item in your account.
你的帳目遺漏了一個重要的項目。　圓 *omit*

☑ **look out**
　小心

Look out for falling rocks.
小心落石。　圓 *watch out*

☑ **make out**
　了解

I can't **make out** what he wants.
我不知道他要什麼。

＊make out 當不及物動詞時，作「進展」解。
　How are you **making out** in your job?
　你的工作進展如何？

☑ **pick out**
　選擇；分辨出

I could soon **pick out** Mr. Smith in the
crowd. 我很快就能在人群中認出史密斯先生。

☑ **point out**
　指出

I have to **point out** that there's no
possibility of success.
我必須指出，絕對沒有成功的可能。

☑ **put out**
　使熄滅

Put out the fire before you go to bed.
睡覺前先把火熄滅。
＊put on 穿上　put off 延期

☑ **rule out**
　排除

You cannot **rule out** the possibility of
assassination. 你不能排除暗殺的可能性。

☑ **send out**
　發出；派遣

He **sent out** invitations to his old friends.
他發出邀請函給他的老朋友們。

☑ **set out**
　①出發
　②著手；開始

She **set out** for England yesterday.
她昨天出發到英國。
He **set out** to learn French. 他開始學法語。

☐ **sort out**
區分；挑選

We must *sort out* the good apples from the bad.
我們必須把好的蘋果和壞的分開。

☐ **speak out**
大聲說

If you are against it, *speak out*.
如果你反對的話，就大聲說。
回 *speak up*

☐ **stand out**
①引人注目
②傑出

His tall figure *stood out* in the crowd.
他高大的身材在人群中很顯著。
Her poem *stood out* among that of others.
她寫的詩比其他人要出色。

☐ **take out**
取出；除去

She *took out* the ink stains from her blouse. 她將上衣的墨漬除掉。

☐ **try out**
徹底試驗

The project is apparently good but we must *try* it *out*.
這計畫看起來很好，但我們必須徹底加以試驗。

☐ **turn out**
(結果)變成

The news *turned out* (to be) false.
這則新聞結果是錯的。
回 *prove* (*to be*)

☐ **wear out**
①磨損
②使筋疲力竭

I must buy a new suit; this one is *worn out*. 我必須買一套新西裝，這套已經破了。
I was *worn out* with this civil case.
這件民事訴訟案，弄得我筋疲力竭。
回 *be tired out*

☐ **work out**
想出；制定

He *worked out* all the details of the plan.
他已詳細擬定了那項計劃。

✧ 重要試題演練 ✧

( ) 1. Judging of the speech contest will be carried _____ by persons appointed by the college president, the decision of such judges being final.
  (A) at　　　　(B) for　　　(C) out　　　(D) at

( ) 2. The drum beats were _____ in a special way that all the drummers understood.
  (A) made out　　　　　(B) left out
  (C) sent out　　　　　(D) went out

( ) 3. Paul's visit to the hotel _____ to be a great disappointment because his friend had already left.
  (A) went on　　　　　(B) turned out
  (C) carried away　　　　(D) put on

( ) 4. What a weird fellow he is! I can't make him out at all.
  他真是個怪人！_____
  (A) 我無法讓他出去。　　(B) 我一點也推不動他。
  (C) 我一點也看不出。　　(D) 我一點也不了解他。

( ) 5. She <u>left out</u> an important detail in her report.
  (A) described　　　　　(B) omitted
  (C) exposed　　　　　(D) revealed

( ) 6. English explorers _____ that Indian princes also carried umbrellas on the east coast of North America.
  (A) took out　　　　　(B) tried out
  (C) picked out　　　　(D) found out

答 案

1.(**C**)　　2.(**C**)　　3.(**B**)　　4.(**D**)　　5.(**B**)　　6.(**D**)

公式 35

《 動詞 + 副詞 up 》
back up 型

☐ **back up**
支持

Come what may, I will **back** you **up**.
不論發生什麼事，我都會支持你。

☐ **break up**
①解散；中止
②(關係)破裂

The meeting **broke up** at eight.
會議在八點散會。
Their marriage **broke up** last year.
他們去年婚姻破裂。

☐ **bring up**
養育

He was **brought up** by his grandmother.
他由他的祖母撫養長大。

☐ **brush up**
溫習

I will **brush up** my English this evening.
今天晚上我要複習英文。
＊brush up on 是美式用法。

☐ **build up**
增強；累積

They are trying to **build up** defense
against possible attack.
他們正努力加強防衛，以抵抗可能的攻擊。

☐ **call up**
打電話給(某人)

I'll **call** him **up** tomorrow morning.
我明天早上會打電話給他。　圓 *call* ; *ring up*

☐ **clear up**
(天氣)放晴

The weather has **cleared up**.
天氣已經放晴了。

☐ **come up**
被提出討論

The case will **come up** next week.
這案件將於下週被提出討論。
＊come up against 面對；對付

☐ **give up**
　①放棄
　②投降

　③戒除

He didn't *give up* his hope of becoming a pilot. 他沒有放棄當飛行員的希望。
The enemy at last *gave up*.
敵人最後投降了。
He tried to *give up* smoking.
他試著戒煙。

☐ **grow up**
　長大

The boy *grew up* to be a great musician.
這男孩長大後成為一位偉大的音樂家。

☐ **hold up**
　延遲；妨礙

We were *held up* on our way to the airport in a traffic jam.
我們在前往機場的路上，因為塞車而延誤了。

☐ **look up**
　查出

Look up the word in your dictionary.
在你的字典上查出這個字。

☐ **make up**
　①捏造
　②彌補

　③和好

She *made up* a good excuse for her absence. 她為自己的缺席編造了一個好藉口。
The government strove to *make up* the deficit. 政府努力在彌補赤字。
After the long quarrel, they shook hands and *made up*.
經過長久的爭吵後，他們握手言和。

☐ **pick up**
　拾起；搭載

I'll *pick* you *up* at your house this afternoon. 今天下午我到你家載你。

☐ **pile up**
　堆積；累積

He didn't go to work for one week and his documents kept *piling up*.
他有一星期沒去公司，文件越積越多。

☐ **round up**
　逮捕；捕捉

The police finally *rounded up* the criminal.
警察最後逮捕了這名罪犯。

☐ **set up**
設立；創辦

This library was ***set up*** by Mr. Brown.
這座圖書館是由布朗先生設立的。

☐ **show up**
出現；顯現

We invited him to the party, but he did not
show up. 我們邀請他參加舞會，但他沒有出現。
同 *appear* ; *turn up*

☐ **sit up**
①坐直；坐起來
②熬夜

He ***sat up*** in bed.
他起來坐在床上。
I ***sat up*** all night reading the book.
我整晚熬夜讀這本書。
同 *stay up*

☐ **speed up**
加速

The car ***speeded up*** when it reached
the country.
車子一到鄉間，就加快速度。

☐ **stay up**
熬夜不睡

I ***stayed up*** reading until midnight.
我熬夜讀書一直讀到半夜。
同 *sit up*

☐ **stir up**
攪拌；使興奮

The child was ***stirring up*** the mud at the
bottom of the pond. 小孩攪動池底的泥巴。

☐ **take up**
①佔用
②接受

③吸收

I'm sorry that all available accommodation
had been ***taken up***. 抱歉房間都已客滿。
Why don't you ***take up*** your parents'
advice？你為什麼不接受父母的勸告呢？
Sponges ***take up*** water.
海綿會吸水。

☐ **use up**
用完；耗盡

The soldiers had ***used up*** all their
supplies. 士兵已把所有的糧食都耗盡了。

❖ 重要試題演練 ❖

(　) 1. The rules _____ by the family were the only laws one had to obey and the family was the only means one had to settle a dispute.

　　　(A) set up　　(B) got up　　(C) looked up　　(D) gave up

(　) 2. Some people have such a passion for reading that they will _____ all night gorging on their favorite books.

　　　(A) give up　　(B) stay up　　(C) put up　　(D) look up

(　) 3. "A fellow I picked _____ in my car on my way up here tonight tried to rob me," he said to Ott, feeling a little proud.

　　　(A) into　　(B) up　　(C) of　　(D) down

(　) 4. Mr. Wang has been given approval to set _____ a brand new hospital.

　　　(A) up　　(B) out　　(C) for　　(D) down

　　　5. (英譯中) I will back you up. 我會 _____ 。

(　) 6. to set up:

　　　(A) He set up his own machine shop behind his house yesterday.

　　　(B) He had setted up his own machine shop behind his house yesterday.

　　　(C) He setted up his own machine shop behind his house yesterday.

　　　(D) He sets up his own machine shop behind his house yesterday.

(　) 7. They went to bed at ten, but I _____ until midnight.

　　　(A) set up　　　　　　　(B) brought up

　　　(C) stayed up　　　　　 (D) gave up

8. 她一面照顧年老的母親，一面養育那個孤兒。

While caring for her old mother, she brought _____ the orphan.

9. 他已戒煙了。

He has _____ _____ smoking.

( ) 10. A meeting breaks _____.
   (A) out   (B) through   (C) into   (D) up

( ) 11. If I waste these golden moments, I shall lose what I shall never be able to <u>make up</u>.
   (A) constitute   (B) form
   (C) complete   (D) compensate for

( ) 12. When the children _____ up, the parents _____ old.
   (A) took   (B) lay   (C) grow   (D) had

( ) 13. Sponges take _____ water.
   (A) to   (B) up   (C) out   (D) off

( ) 14. Men are more aggressive than women. It _____ in two-year-olds.
   (A) stays up   (B) sets up   (C) puts up   (D) shows up

( ) 15. You should <u>look up</u> these words in a dictionary.
   (A) raise your eyes   (B) search for
   (C) prosper   (D) improve

( ) 16. Always _____ up your own litter after a picnic.
   (A) sit   (B) pick   (C) give   (D) make

答 案

1.(**A**)	2.(**B**)	3.(**B**)	4.(**A**)	5. 支持你	6.(**A**)
7.(**C**)	8. *up*	9. *given, up*	10.(**D**)	11.(**D**)	
12.(**C**)	13.(**B**)	14.(**D**)	15.(**B**)	16.(**B**)	

• 公式 *36* •

《 動詞 + 其他副詞 》
break in 型

☐ **break in**
　①打斷;打擾
　②闖入

He *broke in* while we were talking.
他打斷我們的談話。
Thieves *broke in* last night and stole jewelry. 昨晚小偷闖了進來,偷走了珠寶。
* break in upon 打岔

☐ **call in**
　收回;延請

The librarian has *called in* all new books. 圖書管理員已收回所有新書。

☐ **drop in**
　順道拜訪

She *dropped in* (on me) on her way home. 她在回家路上順道來拜訪我。

☐ **fill in**
　填寫

You have to *fill in* all the blanks on an application form.
你應該把申請表上的空格都填好。

☐ **give in**
　屈服

The officials *gave in* to the strikers' demands. 政府官員順從了罷工者的要求。

☐ **hand in**
　繳交

Students are supposed to *hand in* their homework on time.
學生必須按時繳交作業。　　回 *turn in*

☐ **take in**
　①欺騙
　②訂閱

Little boys are easily *taken in*.
小孩容易受騙。
Which newspaper do you *take in*?
你訂閱哪一家報紙?

☑ **tie in**
關連

How does that remark *tie in* with what you said yesterday?
那句話跟你昨天說的有什麼關連呢?

☑ **turn in**
①繳交
②把(犯人)送交

Turn in your assignment on Monday.
請在星期一交作業。
She promptly *turned* him *in* to the police.
她很快地將他交給警方。

☑ **break down**
①故障

②(精神)崩潰

My car *broke down* on the way.
我的車子在路上拋錨。
＊a nervous breakdown 神經衰弱
He has *broken down*.
他崩潰了。

☑ **come down**
①世代相傳

②下跌

This is a romance that has *come down* from medieval times.
這是從中世紀流傳下來的一個傳奇故事。
The government expenditure has *come down* by 15% since 1997.
政府的支出自一九九七年以來下降了百分之十五。

☑ **take down**
寫下;拆掉

Please *take down* my address.
請寫下我的地址。

☑ **turn down**
①拒絕

②關小聲

I can't figure out why you *turned down* a friend's offer of help.
我無法理解你為何拒絕朋友的幫助。
It's midnight now; please *turn down* the radio. 現在是半夜,請把收音機關小聲一點。

☑ **take over**
接管

He told his assistant to *take over* for him. 他叫他的助理接管他的職務。

☑ **talk over**
　討論

They *talked over* the matter all night.
他們整晚討論這件事。

☑ **think over**
　仔細考慮

Think over what I've told you.
仔細考慮我跟你說過的話。

☑ **bring about**
　引起；導致

His carelessness *brought about* the
accident. 他的粗心引起了這場意外。
回 *cause* 　*bring up 養育

☑ **come about**
　發生

Tell me how the accident *came about*.
告訴我意外是怎麼發生的。
回 *happen*

☑ **get ahead**
　成功；出人頭地

Do you want to *get ahead* in the world?
你想在世界上出人頭地嗎？
回 *get on*

☑ **get along**
　①相處

　②過日子

She *gets along* well with her mother-in-
law. 她和婆婆處得很好。

How are you *getting along*?
你生活過得如何？

☑ **pass away**
　①去世

　②(時間)過去

　③消逝

He *passed away* last night.
他昨晚去世了。

The seasons *passed away* rapidly; it's 20
years since we got married.
時光飛逝，我們結婚已有二十年。

Lots of wisdom and history *passed away*
with the death of the old men.
大量的智慧和歷史隨著老人的死去而消逝。

◈ 重要試題演練 ◈

(   ) 1. Why didn't you hand _____ the paper yesterday?
   (A) in   (B) off   (C) to   (D) up

(   ) 2. He asked her to marry him but she _____ his proposal.
   (A) put down   (B) turned down
   (C) took down   (D) looked down

(   ) 3. Human evolution _____ by something other than the use of tools.
   (A) was caused up   (B) was brought about
   (C) was resulted in   (D) was resulted from

(   ) 4. He dropped _____ on us occasionally.
   (A) across   (B) in   (C) away   (D) off

(   ) 5. Do you imagine armies of evil metal monsters planning to take _____ the world?
   (A) after   (B) over   (C) out   (D) up

(   ) 6. Peter : I live in a room with two roommates.
   Bob   : Are they easy to live with?
   Peter : Oh, yes. We _____ fine.
   (A) take over   (B) think over
   (C) give in   (D) get along

答 案

1.**(A)**   2.**(B)**   3.**(B)**   4.**(B)**   5.**(B)**   6.**(D)**

● 公式 *37* ●

《 動詞 ＋ 副詞 ＋ 介系詞 》
catch up with 型

☐ **catch up with** 趕上

We have to work hard to *catch up with* the advanced technical level.
我們必須努力趕上先進技術水平。
回 *overtake*；*catch up to*

☐ **come down with** 因～病倒

I *came down with* pneumonia last year.
我去年因肺炎而病倒。　　回 *suffer from*

☐ **come up with**
①想出
②趕上

He *came up with* a good idea to solve the problem. 他想出一個解決困難的好方法。
Let's go slowly so that the others may *come up with* us.
我們走慢些好讓別人跟得上我們。

☐ **do away with**
廢除

We should *do away with* such evil customs. 我們應廢除如此不良的習俗。
回 *get rid of*

☐ **fall back on**
依靠；求助於

In an emergency I can always *fall back on* him. 緊急時，我總是可以依靠他。
回 *rely on*；*depend on*

☐ **get around to**
找時間做

I never *get around to* answering letters.
我永遠找不出時間回信。

☐ **get away with**
逃避懲罰

She never arrives on time at the office, but she somehow manages to *get away with* it. 她從不準時上班，但總能設法逃避懲罰。

☐ **keep up with**
跟上～

Please walk more slowly. I can't *keep up with* you. 請走慢一點，我跟不上你。
回 *keep pace with*　＊catch up with 趕上

☐ **live up to**
達到；遵循

I must *live up to* their expectations.
我必須達到他們的期望。

☐ **look back on**
回顧

I always *look back on* my childhood with joy. 我總是懷著喜悅的心情回憶童年時代。

☐ **look down upon**
輕視

The college professors always *look down upon* popular literature.
大學教授通常輕視通俗文學。
回 *despise*　　反 *look up to* 尊敬

☐ **look forward to** 期待

We are *looking forward to* seeing you.
我們期待能看到你。
＊to 在此是介系詞，後面不可接原形動詞。

☐ **look up to**
尊敬

The artist is much *looked up to* for his creativity and uniqueness.
這位藝術家因創意和獨特性而受到推崇。
回 *respect*　　反 *look down upon* 輕視

☐ **make up for**
彌補

Work hard to *make up for* the lost time.
努力工作以彌補損失的時間。　回 *compensate for*

☐ **put up with**
容忍

I can't *put up with* his behaviors any longer. 我再也無法容忍他的行為。
回 *bear*；*tolerate*；*endure*

☐ **run out of**
用完

You are always *running out of* money before payday.
你老是等不到發薪的日子，就把錢用完了。

✠ 重要試題演練 ✠

(　　) 1. One can never _____ one's mistakes.
  (A) get away with   (B) take out from
  (C) learn from   (D) look out

(　　) 2. For some time I have been eagerly looking forward _____ John's joining the partnership ; but so far there has been little sign of it.
  (A) on   (B) to   (C) into   (D) for

  3. (英譯中) We all want to be looked up to.

_____

(　　) 4. A child does not always _____ the expectations of his parents.
  (A) live up to   (B) do away with
  (C) make up for   (D) run out of

  5. We must _____ _____ to our elders.

(　　) 6. I have to _____ his green and red hair if I want to go out with him.
  (A) get around to   (B) put up with
  (C) come down with   (D) live up to

(　　) 7. Don't just imitate what someone else does. Try to _____ your own original idea.
  (A) keep up with   (B) come up with
  (C) make up for   (D) fall back on

```
┌──────────── 答 案 ────────────┐
│  1.(A)      2.(B)      3. 我們都希望被尊重。  │
│  4.(A)      5.look, up    6.(B)      7.(B)   │
└──────────────────────────────┘
```

● 公式 *38* ●

《 動詞 + 形容詞 》
break loose 型

come, go, get, fall 之後接形容詞當補語，有 become（變成）的意思。

☐ **break loose**
逃脫

The police caught up with the prisoner *who broke loose* from jail yesterday.
警方抓到了昨天從監獄逃出來的犯人。

☐ **come true**
實現

One day your dream will *come true*.
有一天，你的夢想將會實現。

☐ **cut short**
①中斷；打斷
②縮減

The chairman *cut* the speaker *short*.
主席突然打斷了發言者的話。

To get home before Sunday, we were obliged to *cut* our trip *short*.
為了在星期天以前回家，我們必須縮短旅程。

☐ **fall ill**
生病

He *fell ill* last night. 他昨晚生病了。
同 *become ill*；*get ill*

☐ **hold still**
靜止不動

How can I take your picture if you don't *hold still*?
如果你不靜止不動，我怎麼能幫你照像？

☐ **get stuck**
無法擺脫

I *got stuck* with this mathematics problem for two hours.
我花了二個小時，還是解不出這題數學。

☐ **go bad**
(食物)變壞

Fish soon *goes bad* in hot weather.
魚在熱天裡很快就會腐敗。
* go from bad to worse　每下愈況
  go blind　失明

☐ **go mad**
發瘋

She seemed to have *gone mad*.
她似乎已經發瘋了。

☐ **get wet to the skin**
全身溼透

He *got wet to the skin* in a heavy rain.
他在一場大雨中淋得全身溼透。
圓 *be drenched to the skin*

☐ **make good**
①賠償

②成功

③實現

You have to *make good* any loss.
你必須賠償任何損失。
Talent and diligence are essential to
make good. 才能與勤勉是成功的必要因素。
He *makes good* his promise to help her
win the case. 他履行諾言，幫她打贏了官司。

☐ **run short**
不足；不夠

My patience is *running short*.
我快要失去耐性了。
* 比較：We've *run short of* oil.
　　　　我們的油快用完了。

❖ 重要試題演練 ❖

( ) 1. The supply of oil, the most important source of energy in the world today, is _____ .
    (A) dropping in   (B) running short
    (C) handing in   (D) cutting out

( ) 2. Our dreams do not always <u>come true</u>.
    (A) become important   (B) accept the truth
    (C) become fact   (D) approach

( ) 3. They worked hard and finally _____ good.
    (A) made   (B) did
    (C) does   (D) resulted

( ) 4. He has _____ mad.
    (A) given   (B) taken
    (C) gone   (D) gave

( ) 5. He isn't yet here. I am afraid he may have _____ .
    (A) fallen ill   (B) made good
    (C) got stuck   (D) made believe

( ) 6. The carpenter will _____ good the broken chair.
    (A) keep   (B) make
    (C) get   (D) have

答 案

1.**(B)**   2.**(C)**   3.**(A)**   4.**(C)**   5.**(A)**   6.**(B)**

公式 *39*

《 動詞 +$\begin{Bmatrix} 形容詞 \\ 副　詞 \end{Bmatrix}$+ of 》

keep abreast of 型

本公式中的 make certain（弄清楚）和 make sure（確定；確信）之後可接「of＋片語」或「that＋子句」。

☐ **keep abreast of** 跟上~

Do your best to *keep abreast of* the times. 盡力跟上時代。
同 *keep up with*

☐ **keep clear of** 躲避

You had better *keep clear of* him.
你最好避開他。
＊ be clear of 清除~的
The garden *was clear of* the weeds.
花園的雜草被清除了。

☐ **make certain of** 弄清楚

I need to *make certain of* the date of the meeting.
我必須弄清楚開會的日期。
＊ make certain that 弄清楚~

☐ **make light of** 輕視；忽視

Don't *make light of* the opposing team.
不要忽視敵隊的實力。
同 *make little of*

☐ **make sure of** 確定

You need to *make sure of* the exact time and place of the exam.
你必須確定正確的考試時間和地點。
＊ make sure that 確定

☑ **run short of**
缺乏

We will ***run short of*** water this summer.
今年夏天我們將缺水。
＊若物當主詞，則改爲：Water will *run short*.

☑ **speak ill of**
說～壞話

Everybody keeps away from her since she likes to ***speak ill of*** others behind their backs.
每個人都遠離她，因爲她喜歡在背後說別人的壞話。
反 *speak well of* 說～好話

☑ **speak well of** 說～好話

Though he did harm to her before, she still ***speaks well of*** him.
雖然他曾傷害過她，但她仍幫他說好話。

☑ **think better of** 改變念頭

He wanted to protest, but ***thought better of*** it. 他想抗議，但又改變了念頭。
I hope you can ***think better of*** the decision to resign.
我希望你能改變辭職的念頭。

☑ **think hard of** 對～不悅

Mr. Smith ***thinks hard of*** the teacher for having punished his son.
史密斯先生因爲老師處罰他兒子而感到不高興。

☑ **think highly of** 重視

He always ***thinks highly of*** his wife's opinion. 他非常重視他太太的意見。
反 *think little of* 輕視

✦ 重要試題演練 ✦

(　) 1. I don't like him because he is used to ＿＿＿＿ ill of others.
    (A) telling   (B) saying   (C) calling   (D) speaking

(　) 2. You'd better leave now if you want to ＿＿＿＿ sure of arriving there in time.
    (A) take   (B) make   (C) get   (D) come

(　) 3. 我們缺米。We ran ＿＿＿＿ of rice.
    (A) even   (B) slow   (C) insufficience   (D) short

    4. (英譯中) Keep abreast of the times.

    ＿＿＿＿＿＿＿＿＿＿＿＿＿＿＿＿＿＿

(　) 5. (挑錯並改正) He is running short about funds.
             (A)   (B)   (C)   (D)

(　) 6. (挑錯並改正) We must not make a light of a man
                      (A) (B) (C) (D)
    because he is poor.

(　) 7. John : I think ＿＿＿＿ of Robert as a scholar.
    (A) highly   (B) high   (C) lightly   (D) nothing

答 案

1. (**D**)   2. (**B**)   3. (**D**)   4. 要跟得上時代。
5. (**D**) *about* → *of*   6. (**B**) *a* → 去掉   7. (**A**)

● 公式 40 ●

《 動詞 + 單數名詞（無冠詞）》
catch fire 型

☐ **catch fire**
著火

Wooden houses *catch fire* easily.
木製的房子容易著火。

☐ **commit suicide**
自殺

Nowadays the teenagers are apt to *commit suicide* when encountering the difficulties.
現代的年輕人一遇到困難，就想自殺。
同 *kill oneself*

☐ **gain ground**
流行；變得重要

The theory is *gaining ground*.
這項理論正在流行。

☐ **gain weight**
體重增加

I have *gained* much *weight*.
我已經胖了許多。　反 *lose weight* 體重減輕
同 put on weight

☐ **give way**
①讓步

At first, her father objected to her marriage; but he *gave way* at last.
起初她父親反對她的婚姻，最後他讓步了。

②讓路

He *gave way* to the car.
他讓路給車子通過。

③崩塌

The dam *gave way* because of the flood.
因為洪水的關係，水壩崩塌了。
同 *collapse* ; *crash to the ground*

☐ **kill time**
消磨時間

What shall we do to *kill time* ?
我們做什麼來消磨時間呢？

☐ **lose heart**
氣餒

Don't ***lose heart*** if you fail.
如果你失敗，別氣餒。
回 *be discouraged*

☐ **make haste**
急忙

I ***made haste*** to tell him the good news.
我急忙把好消息告訴他。　　回 *hurry*

☐ **make money**
賺錢

He is ***making money*** on the stock market. 他正在股票市場賺錢。
*make a fortune　發大財

☐ **make room**
讓位；讓路

I ***made room*** for the old man.
我讓位給那個老人。

☐ **make sense**
有意義；合道理

It doesn't ***make sense*** to let little children stay at home alone.
讓小孩單獨留在家，是不合理的事。

☐ **take care**
小心

Take care that you don't catch cold.
小心不要感冒。
*take care of 照顧~

☐ **take place**
舉行

The wedding will ***take place*** tomorrow.
婚禮將在明天舉行。
回 *happen*；*occur*

☐ **take shape**
成形；實現

My dream to be a writer is beginning to ***take shape***.
我想成為作家的夢想正逐漸實現。

☐ **take time**
費時

The bus will ***take time***. 搭公車很費時。
*take one's time 慢慢來；不必急

☐ **talk nonsense**
胡言亂語

Don't ***talk nonsense***.
不要胡言亂語。

✧ 重要試題演練 ✧

(   ) 1. Man had better _____ care not to upset nature's system.
    (A) get   (B) take   (C) make   (D) have

    2. 我們再留在這兒是沒有意義的。

    _____

(   ) 3. Explosions _____ when chemicals change rapidly from solid to gas.
    (A) go on   (B) get up   (C) cheer up
    (D) take place   (E) take apart

(   ) 4. X : It can't be done!
    Y : You're talking _____ .
    X : Try it yourself, then.
    (A) senseless   (B) nuisance   (C) sensible   (D) nonsense

    5. You have to admit that what he says makes perfect sense.
    你得承認，他的話 _____。

(   ) 6. How kind of you to <u>make room for</u> me.
    (A) give way to   (B) come a room for
    (C) go a room for   (D) make a face to

(   ) 7. Waves can produce electricity and some small-scale experiments are _____ place to learn more about this.
    (A) getting   (B) making   (C) taking   (D) having

答 案

1.**(B)**   2. *Our staying here any longer doesn't make sense.*
3.**(D)**   4.**(D)**   5. 很有道理   6.**(A)**   7.**(C)**

• 公式 41 •

《 動詞 + a + 單數名詞 》
catch a cold 型

本公式中除了 catch (a) cold（感冒）的冠詞可省略外，其他成語名詞前的冠詞 a 均不可省。

☐ **catch (a) cold** 感冒
　　She *caught a cold* yesterday.
　　她昨天感冒了。　　同 *have a cold*

☐ **cut a figure** 出風頭
　　The couple *cut* quite *a figure*.
　　那對夫婦相當出風頭。

☐ **have a headache** 頭痛
　　I feel bad and *have a headache*.
　　我感到不舒服和頭痛。
　　* have a toothache 牙痛

☐ **keep a diary** 寫日記
　　Let's *keep a diary* in English every day.
　　我們每天用英文寫日記吧！

☐ **lift a finger** 盡舉手之勞
　　He never *lifted a finger* to help me.
　　他從不出點力幫助我。　　* 通常用於否定句。

☐ **make a face (faces)** 扮鬼臉；愁眉苦臉
　　The boy *made faces* in the mirror.
　　那男孩對著鏡子扮鬼臉。
　　Every time I mentioned it, he *made a face*. 每次我提及此事，他就愁眉苦臉。

☐ **make a living** 謀生
　　He *makes a living* by teaching.
　　他以教書謀生。
　　* make(earn, gain) a living 謀生

☑ **make a mistake** 犯錯

He *made a mistake* in spelling again.
他又犯了拼字上的錯誤。
＊犯一個錯誤以上時，用 make mistakes。

☑ **make a noise** 吵鬧；喧嘩

Don't *make a noise* in this room.
別在這房間裡吵鬧。

☑ **make a promise** 承諾

He *made a promise* to pay his debt off.
他承諾要還清債務。
＊keep a promise 遵守諾言
break a promise 違背諾言

☑ **pull a long face** 板著臉

He *pulled a long face* when he lost.
當他輸了，就板著臉。
＊pull 可用 make 或 wear 代替。

☑ **run a risk** 冒險

He did not want to *run a risk*.
他不想冒險。
同 *take a risk*
＊比較：The police *run the risk of* life
to catch up with the criminal.
警察冒著生命的危險逮捕嫌犯。

☑ **take a chance** 冒險

Don't *take a chance* going out in this weather without an umbrella.
在這種天氣，不要冒險不帶傘外出。

☑ **take a rest** 休息

He stopped his work to *take a rest* for a while. 他停下工作休息一下子。

☑ **take a walk** 散步

I *took a walk* in the suburbs.
我在郊區散步。　同 *go for a walk*
＊walk 可用 stroll, ramble 代替。

● 公式 *42* ●

《 動詞＋複數名詞 》
build castles in the air 型

請注意本公式中的名詞須用複數形。

☐ **build castles in the air**
做白日夢

He is *building castles in the air* among his books. 他邊看書邊做白日夢。
同 *build castles in Spain*
.

☐ **have seen better days**
曾經盛極一時

He *has seen better days*, I guess.
我猜想他也曾經得意過。

☐ **keep early hours**
早睡早起

The doctor advised me to *keep early hours*. 醫師建議我早睡早起。
同 *keep good hours*

☐ **keep late hours**
晚睡晚起

She is *keeping late hours* now.
她現在都是晚睡晚起。
同 *keep bad hours*

☐ **put on airs**
擺架子

As his fortune increased, he began to *put on airs*. 因為財富增加，他開始擺架子了。
同 *give oneself airs*

☐ **take pains**
費力；努力

He has obviously *taken* great *pains* to study the details.
他顯然很努力地研究其中的細節問題。

☐ **take steps**
採取行動

They should *take steps* to prevent war.
他們應該採取行動以避免戰爭。

❖ 重要試題演練 ❖

( ) 1. They went to the farm to _____ a rest.
    (A) pay   (B) take   (C) play   (D) watch

    2. (中譯英) 你有寫日記的習慣嗎?

    _____

( ) 3. He didn't speak to me and _____ at me yesterday.
    (A) pulled a long face   (B) had a hard time
    (C) took steps   (D) made a noise

    4. (中譯英) 要學好英文,必須下功夫。

    _____

( ) 5. If we are not prepared <u>to run risks</u>, we shall never make progress. (選出解釋錯誤的答案)
    (A) to take chances
    (B) to be bold at times
    (C) to compete for the first place
    (D) not to be too duly cautious

( ) 6. Mr. Lin always takes _____ to do his work well.
    (A) pains   (B) effort   (C) troubles   (D) pain

答 案

1.**(B)**   2.*Are you in the habit of keeping a diary*?
3.**(A)**   4.*To learn English well, you have to take pains.*
5.**(C)**   6.**(A)**

● 公式 *43* ●

《 動詞 + $\begin{Bmatrix} 定冠詞 \\ 形容詞 \end{Bmatrix}$ + 單數名詞 》

call the roll 型

　　注意本公式中的名詞之前必須要有定冠詞或形容詞。make no difference 和 have no idea 分別是 make a difference 和 have an idea 的否定形式。

☐ **call the roll**
點名

He *calls the roll* before he teaches.
他在上課之前會先點名。
* roll call 點名 (名詞用語)

☐ **lay the table**
擺好餐具

She *laid the table* for dinner.
她擺好餐具準備開飯。
* lay 可用 spread 或 set 代替。

☐ **have no idea**
不知道

She *has no idea* how important it is.
她不知道它有多重要。

☐ **make no difference**
沒有差別；
沒有關係

It *makes no difference* whether you go today or tomorrow.
你今天走或明天走都沒有關係。
* make a great difference 非常重要

☐ **keep good time**
(鐘錶)走得準確

My watch *keeps* very *good time*.
我的手錶很準。
返 *keep bad time* 不準

☐ **keep open house**
十分好客

My mother likes to *keep open house*.
我母親非常好客。

✦ 重要試題演練 ✦

(　) 1. This watch is dependable, as it always _____ good time.
(A) tells　　　　　　(B) makes
(C) keeps　　　　　　(D) shows

(　) 2. I can't get a picture of your talk.
(A) I have no idea what you say.
(B) Your talking about the picture is beyond me.
(C) I don't have the picture which you talk about.
(D) You can't talk about the picture I get.

　　3. 你請不請他都不要緊。
It _____ no _____ whether you invite him or not.

(　) 4. I _____ no idea of what is going on there.
(A) get　　　　　　(B) have
(C) make　　　　　(D) take

(　) 5. The teacher called the _____ to check if everyone was present.
(A) role　　　　　　(B) rolling
(C) hole　　　　　　(D) roll

(　) 6. Although it is a cheap one, this watch _____ very good time.
(A) makes　　　　　(B) keeps
(C) does　　　　　(D) gets

───── 答 案 ─────

1.(**C**)　　2.(**A**)　　3.*makes*, *difference*　　4.(**B**)
5.(**D**)　　6.(**B**)

─●　**公式** *44* ●─

《 **動詞** + **代名詞** + **名詞** 》
call ~ names **型**

☐ **call ~ names**
辱罵

She *called* me all kinds of *names*.
她罵我各種難聽的話。
* She *called* him *every name* she could think of. 她想到什麼就罵他什麼。

☐ **do ~ good**
對～有益

Go to live in the country for a few days; the fresh air will *do* you *good*.
到鄉下住幾天；新鮮的空氣對你有益。
回 *do good to ~*

☐ **do ~ harm**
對～有害

Too much eating will *do* you *harm*.
暴飲暴食對你有害。
回 *do harm to ~*

☐ **do ~ justice**
公平對待～

To *do* him *justice*, we must say that he is generous and polite.
平心而論，我們覺得他很慷慨而且有禮。
回 *do justice to ~*

◈ 重要試題演練 ◈

( ) 1. Modern technology has finally succeeded in developing a bomb that destroys people but _____ buildings.
   (A) takes pride in
   (B) throws light on
   (C) makes friends with
   (D) does no harm to

( ) 2. If he had never done much good in the world, he had never done much harm.
   (A) 他在世上固然沒做過太多善事，但他也沒做過什麼壞事。
   (B) 假如他沒有在世界上做過很多好事，那是因為他沒有做過太多傷天害理的事。
   (C) 他既不行善，又不行惡。
   (D) 他行善不足，行惡有餘。

( ) 3. This photograph does not _____ her justice.
   (A) make   (B) do
   (C) give   (D) have

( ) 4. He calls me _____ in revenge.
   (A) roll   (B) rolls
   (C) name   (D) names

( ) 5. Does playing games _____ children good?
   (A) do   (B) get
   (C) take   (D) have

   6. To do him _____ , we must admit that his intentions were good.

```
━━━━━━━━━ 答 案 ━━━━━━━━━
  1.(D)    2.(A)    3.(B)    4.(D)    5.(A)    6.justice
```

● 公式 *45* ●

《 動詞 + one's + 副詞 》
break one's promise 型

本公式中的 one's，除了 follow one's example, follow one's steps 和 take one's fancy 外，都和主詞一致。

☐ **break one's promise** 違背諾言	I have never ***broken my promise***. 我從未違背諾言。 反 *keep one's promise(word)* 遵守諾言
☐ **catch one's breath** ①屏息 ②喘氣	When I saw him coming, I ***caught my breath***. 我看到他來，就屏住氣息。 同 *hold one's breath* Let's sit down and ***catch our breath***. 我們坐下來喘口氣吧。
☐ **eat one's words** 收回前言	I won't ***eat my words***. 我不會收回我所說的話。
☐ **follow one's example** 以~爲榜樣	You should ***follow*** Mary's ***example***. 你應該以瑪麗爲榜樣。 * set(give) a good example 樹立好榜樣 make an example of a person 懲一儆百
☐ **have one's say** 有發言權	Every man was allowed to ***have his say***. 每個人都被允許有發言權。 * have no say 沒有發言權
☐ **have one's (own) way** 隨心所欲	I want to ***have my*** (***own***) ***way*** in everything. 我希望每件事都能隨心所欲。 * do as one wishes 依某人希望而做

☐ **hold one's tongue**
保持沉默

She never has the sense to *hold her tongue* at the right time.
她從來不知道何時該保持沉默。

☐ **keep one's word**
遵守諾言

She *kept her word*.
她遵守了諾言。
圓 *keep one's promise*
＊make a promise 許下承諾；約定

☐ **lose one's head**
失去理智

You must not *lose your head*.
你不可失去理智。　圓 *lose self-control*
＊lose one's mind 發狂

☐ **lose one's way** 迷路

I *lost my way* in the dark.
我在黑暗中迷路了。　圓 *get lost*

☐ **make one's living** 謀生

He *makes his living* as a salesman.
他當售貨員謀生。　圓 *make a living*
＊make 可用 earn 或 gain 代替。

☐ **make up one's mind**
決定；下定決心

He has *made up his mind* to go to Hawaii. 他已決定去夏威夷。
圓 *decide*

☐ **take one's fancy**
討某人喜歡

That picture has *taken my fancy*.
那幅畫我很喜歡。

☐ **take one's time** 慢慢來

You can *take your time* to read the newspaper. 你可以慢慢看報紙。

☐ **watch one's step** 小心謹慎

If she doesn't *watch her step*, she'll be fired from her job.
她如果不夠小心，就會被開除。

✤ 重要試題演練 ✤

( ) 1. Before_____ , ask yourself where your interest lies.
    (A) making up your mind   (B) make any decision
    (C) deciding your mind   (D) out of your mind

   2. (英譯中) I'm afraid I've lost my way.
    _____

   3. You may pick whatever takes your fancy.
    你 _____ 就挑什麼。

( ) 4. If people are unwilling to hear you, it's better to
    _____ your tongue.
    (A) back   (B) get   (C) hold   (D) make

( ) 5. _____ your time. = There's no hurry.
    (A) Make   (B) Get   (C) Have   (D) Take

( ) 6. 人若失信，便不會受到信賴。
    (A) If a person who does not keep his promise, he will
    not be trusted.
    (B) If a person who does not break his promise, he will
    not be trusted.
    (C) If a person does not keep his promise, he will not
    be trusted.
    (D) If a person does not break his promise, he will not
    be trusted.

( ) 7. You had better follow the leader's _____ .
    (A) sample   (B) example   (C) instance (D) existence

( ) 8. Most of them make their _____ by trade.
    (A) life   (B) live   (C) alive   (D) living

( ) 9. He was very angry with me for breaking my word.
    (A) 他發脾氣，因此我不再說話。
    (B) 因為我的魯莽，令他很生氣。
    (C) 他非常不諒解我的一句髒話。
    (D) 因為我不說話，他很生氣。
    (E) 因為我的食言，他非常生氣。

( ) 10. He is a man of his word; in other words, he often

    _____ .

    (A) holds his tongue   (B) keeps his promise
    (C) loses his words   (D) eats his words

    11. John is as good as his word.
       = John never _____ his word.

( ) 12. Why can't you _____ your own mind?
    (A) make out   (B) make up
    (C) make at   (D) make for

( ) 13. If he doesn't have his own way, he gets very angry.
    (A) go somewhere
    (B) have an obstruction
    (C) make a special effort
    (D) do as he wishes

答 案

1.**(A)**	2. 恐怕我迷路了。	3. 喜歡什麼	4.**(C)**
5.**(D)**	6.**(C)**	7.**(B)**	8.**(D)**	9.**(E)**
10.**(B)**	11.*breaks*	12.**(B)**	13.**(D)**

● 公式 *46* ●

《 動詞 + 名詞 + of 》

catch sight of 型

☐ **catch sight of** 看到

I *caught sight of* him in the crowd.
我在人群中看到他。
反 *lose sight of* 看不見

☐ **get rid of** 擺脫;除去

I hope I can *get rid of* this unwelcome guest. 我希望能擺脫這位不受歡迎的客人。

☐ **get the better of** 佔優勢;勝過

He *got the better of* her in that argument.
在那次爭論中,他勝過了她。
同 *prove stronger than*

☐ **keep track of** 記錄;了解

He reads the newspaper to *keep track of* current events.
他閱讀報紙,以了解時事。

☐ **kick the habit of** 戒除習慣

Those patients in the hospital are trying to *kick the habit of* taking drugs.
在醫院的病人正努力戒毒。

☐ **make fun of** 取笑

Don't *make fun of* Henry's English.
不要取笑亨利的英文。 同 *ridicule*;*kid*
＊make a fool of 愚弄

☐ **make little of** 輕視

You should not *make little of* their efforts. 你不應該輕視他們的努力。
反 *make much of* 重視

☐ **make much of** 重視 | Young people usually don't *make much of* tradition. 年輕人通常不重視傳統。

☐ **make nothing of** ①不在乎 ②不了解 | He *makes nothing of* walking 20 miles. 他認為走二十英哩不算什麼。
I can *make nothing of* what he says. 我一點也不了解他說什麼。

☐ **make use of** 利用 | They *made use of* every opportunity. 他們利用每一個機會。
＊*Make good use of* your time. 你要善加利用時間。

☐ **make a fool of** 愚弄；嘲弄 | She always *makes a fool of* her elder sister. 她總是愚弄她的姊姊。

☐ **make a habit of** 養成～的習慣 | He *made a habit of* getting up early. 他養成早起的習慣。

☐ **make a point of V-ing** 必定～；強調～ | He *makes a point of studying* English every day. 他強調每天要唸英文。
圓 *make it a point to V*

☐ **make a show of** 表現；炫耀 | He likes to *make a show of* himself before the public. 他喜歡在大眾面前炫耀自己。

☐ **make the best of** ①儘量利用 ②勉強為之 | You must *make the best of* your time. 你必須善用你的時間。
圓 *make the most of*
I will *make the best of* the small house. 我將勉為其難地住在這小房子裡。

☑ **run the risk of** 冒～之險

He was ready to **run the risk of** losing his life to save the drowning child.
他準備冒生命危險，去救那位快要溺斃的小孩。
* run a risk 冒險

☑ **see much of** 常常遇見

I don't **see much of** him of late.
我最近不常見到他。
* see nothing of 不曾遇見
see something of 偶爾遇見

☑ **take account of** 考慮

You have to **take account of** the consequences before making a decision.
做決定之前，你必須考慮後果。
* = You must *take* the consequences *into account*.
同 *consider* ; *take ~ into consideration*

☑ **take advantage of** 利用；佔～的便宜

He always **takes advantage of** her ignorance. 他總是利用她的無知。
She **took advantage of** the opportunity.
她利用此機會。

☑ **take care of** 照顧

There was nobody to **take care of** the children. 沒有人照顧這些小孩。
* Take care of yourself. 好好照顧自己。
* take care 小心
Take care not to break it. 小心不要打破它。

☑ **take hold of** ①抓住

The child **took hold of** my arm.
這小孩抓住我的手臂。
同 *grasp*
反 *lose hold of* 放手

②佔據；控制

I felt hate **take hold of** my whole body.
我感到仇恨佔據了我的整個身體。

☐ **take notice of** 注意	Don't *take notice of* their criticism. 別理會他們的批評。 回 *pay attention to*
☐ **take possession of** 獲得；佔有	He *took possession of* the land last year. 他去年獲得那塊土地。
☐ **take the liberty of** 冒昧地做～	I *took the liberty of* borrowing your bicycle while you were away. 你不在時，我冒昧地借用了你的腳踏車。
☐ **take the place of** 代替；代理	Who will *take the place of* Mr. Brown? 誰將代理布朗先生？ * = Who will *take* Mr. Brown's *place*?
☐ **think little of** 輕視；不在乎	I *think little of* the matter. 我不在乎那件事。
☐ **think much of** 重視；喜歡	The teacher doesn't *think much of* his works. 老師不喜歡他的作品。 * 通常用於否定句。
☐ **think nothing of** 不在乎；輕視	Jack doesn't worry about failing the test; he *thinks nothing of* it. 傑克不擔心考試不及格；他一點都不在乎。 回 *make nothing of*
☐ **wash one's hands of** 不管	Mr. Henry *washed his hands* of politics long ago. 亨利先生很早就不過問政治了。
☐ **think the world of** 非常欽佩	His co-workers *think the world of* him. 他的同事非常欽佩他。

❖ 重要試題演練 ❖

(　　) 1. Our knowledge is still poor about how to ＿＿＿＿ the most of its resources at a minimum of cost.
   (A) get
   (B) make
   (C) do
   (D) take

(　　) 2. I attended the lecture, but could make nothing of it.
   (A) 我去聽了演講，卻聽不出道理。
   (B) 我去聽了演講，卻覺得不值得聽。
   (C) 我陪著演講人，覺得沒有什麼重要。
   (D) 我去聽了演講，真是聞所未聞。

(　　) 3. I am going to wash my hands of the whole thing.
   (選出符合原題意義的答案。)
   (A) My hands are dirty ; I'm going to wash them.
   (B) My hands need washing.
   (C) I will not be responsible for it any longer.
   (D) I will start the whole thing as soon as I get myself cleaned.

(　　) 4. He <u>took hold of</u> the rope and saved his life.
   (A) accepted
   (B) affected deeply
   (C) grasped
   (D) received

(　　) 5. Nobody wants to hold a wasting asset, so people try to get ＿＿＿＿ of money as quickly as possible.
   (A) out
   (B) rid
   (C) use
   (D) fast

(　　) 6. We had dinner at the new restaurant the other night ; the food was good and we were well ＿＿＿＿ .
   (A) waited for
   (B) looked down upon
   (C) taken care of
   (D) looked on

(　) 7. John : Is Tom a good artist?
Mary : No, he isn't. I don't think ＿＿＿＿ of him.
(A) little　　　(B) some　　　(C) any　　　(D) much

(　) 8. Corps of skilled research teams in modern air-conditioned buildings have <u>replaced</u> the lonely inventor working in his basement and the scientific genius isolated in his ivory tower.
(A) taken the place of　　(B) made use of
(C) taken notice of　　　(D) taken hold of

(　) 9. My friend waved to me as soon as he ＿＿＿＿ sight of me.
(A) caught　　(B) got　　(C) had　　(D) took

(　) 10. I will make a special point of seeing you before I leave for Taipei.
(A) 我上台北的目的就是要來看你。
(B) 到台北後，我一定特地來看你。
(C) 我特別要強調的一點是我一定會陪你去台北。
(D) 去台北前我一定會先來看你。

(　) 11. We must take advantage ＿＿＿＿ our youth to gain knowledge.
(A) of　　(B) to　　(C) on　　(D) with　　(E) in

(　) 12. The housewife is too busy to take care ＿＿＿＿ her children.
(A) to　　(B) of　　(C) for　　(D) with

答　案

| 1.(**B**) | 2.(**A**) | 3.(**C**) | 4.(**C**) | 5.(**B**) | 6.(**C**) |
| 7.(**D**) | 8.(**A**) | 9.(**A**) | 10.(**D**) | 11.(**A**) | 12.(**B**) |

• 公式 *47* •

《 動詞 + 名詞 + 其他介系詞 》
have (an) interest in 型

☐ **have (an) interest in**
對～有興趣

I *have (a)* great *interest in* history.
我對歷史非常有興趣。
*= History *interests* me very much.

☐ **make progress in** 進步

She is *making* rapid *progress in* English. 她在英文方面有長足的進步。

☐ **take delight in** 喜歡

He *takes delight in* reading.
他喜歡讀書。

☐ **take part in** 參加

I *took part in* many school activities.
我參加許多學校活動。
回 *participate in*

☐ **take pride in** 以～為榮

She *takes pride in* her daughter.
她以她的女兒為榮。　　回 *be proud of*

☐ **find fault with** 挑剔

It's easy to *find fault with* the work of others. 挑剔別人的工作是件容易的事。

☐ **keep company with**
與～交往；陪伴

She *keeps company with* a musician.
她與一位音樂家交往。　　回 *associate with*
*part company with 與～分手

☐ **keep pace with**
與～並駕齊驅

We should *keep pace with* the times.
我們應與時代齊步並進。

☐ **make friends with** 和~交朋友

Will you *make friends with* me?
你願意和我做朋友嗎?

☐ **have no patience with** 無法容忍~

I *have no patience* with people who like to make waves.
我無法容忍喜愛興風作浪的人。

☐ **bear witness to** 為~證明

I can *bear witness to* her innocence.
我能證明她無罪。

☐ **do harm to** 對~有害

The storm *did* great *harm to* the crops.
暴風雨對農作物造成很大的傷害。　圓 *damage*

☐ **give rise to** 引起;導致

A privilege often *gives rise to* abuses.
特權常導致濫用。　圓 *cause*

☐ **give vent to** 表達;發洩

He *gave vent to* his sorrow in an elegy.
他以一首悲歌來表達他的哀傷。

☐ **give way to** 屈服;讓步

I cannot but *give way to* him.
我不得不向他屈服。　圓 *yield to*; *give in to*

☐ **pay attention to** 注意

Pay more *attention to* your teachers.
要更注意老師們說的話。

☐ **remember me to** 代我問好

Please *remember me to* your family.
請代我向你的家人問好。
＊= Please *give my best regards to* your family.
= *Say hello to* your family.

☐ **fall (a) victim to** 成為~的受害者

He *fell (a) victim to* the deadly drug.
他成了那致命藥物的受害者。
圓 *become a victim of*

☐ **take a fancy to** 喜歡

I have ***taken a fancy to*** this picture.
我喜歡這幅畫。
回 *take a liking to*

☐ **turn a deaf ear to** 充耳不聞

He ***turns a deaf ear to*** my complaints.
他對我的抱怨充耳不聞。
回 *turn a cold shoulder to*

☐ **keep an eye on** 留意；看守

Please ***keep an eye on*** the baby.
請留意照顧嬰兒。
＊keep one's eyes wide open 保持警覺

☐ **take pity on** 同情；憐憫

I always ***take pity on*** those stray dogs.
我一向很同情那些流浪狗。

☐ **throw light on** 對～有了線索

His confession ***threw light on*** the mystery. 他的自白使謎案有了線索。
回 *shed(cast) light on*

☐ **turn one's back on** 背棄

He could not ***turn his back on*** his friends. 他不能背棄他的朋友。　回 *forsake*

☐ **pave the way for** 替～舖路；使～容易進行

Hard work will ***pave the way for*** success. 努力工作是在為成功舖路。
＊for 可用 to 代替。

☐ **take a turn for the better** 好轉

Things suddenly ***took a turn for the better***. 事情突然好轉了。
回 *improve*；*change for the better*
反 *take a turn for the worse* 惡化

☐ **have no bearing on** 與～無關

He ***has no bearing on*** the matter.
他與那件事無關。

❖ 重要試題演練 ❖

(　) 1. We are _____ progress _____ education because a lot of money and work unheard of in the past has been invested in college education.
　　(A) making , in 　　　　　(B) taking , of
　　(C) getting , of 　　　　　(D) bearing , to

(　) 2. I asked my neighbor to keep an eye on my house while I was away.
　　(A) 我離開鄰居家時，把眼鏡遺忘在他們家裡。
　　(B) 保持眼睛隨時注意自己的房子是鄰居所要求的。
　　(C) 眼睛隨時被附近移動的景物所吸收住。
　　(D) 我被鄰居要求外出時注意他們的房子。
　　(E) 我請鄰居在我出去時照顧一下我的房子。

(　) 3. John's reckless behavior <u>gave rise to</u> endless trouble for his parents.
　　(A) caused　　　(B) covered　　　(C) lifted　　　(D) saved

(　) 4. 對我的提議他充耳不聞。
　　(A) He twisted his ear to my proposition.
　　(B) He turned his ears aside to my proposition.
　　(C) He turned a deaf ear to my proposition.
　　(D) He was deafening to my proposition.

(　) 5. The number of marathons has grown to _____ the new public interest.
　　(A) keep company with 　　(B) take part in
　　(C) keep pace with 　　　　(D) give way to

答 案

1.(**A**)　　2.(**E**)　　3.(**A**)　　4.(**C**)　　5.(**C**)

• 公式 *48* •

《 動詞 + (代)名詞 + 副詞 》
bear ~ in mind 型

注意像「動詞+人+介系詞+the+人身的一部分」的這種成語，其中的 the 不可用所有格 his 或 her 等來代替。另外如 catch ~ by the arm 的 by 也並不表示被動，而是表示動作或媒介。

☑ **bear ~ in mind**
牢記~在心
        Bear what I said *in mind*.
牟記我所說的話。
回 *keep ~ in mind*

☑ **hold ~ in respect**
尊敬
        I *hold* him *in respect*. 我尊敬他。
回 *hold ~ in esteem*
反 *hold ~ in contempt* 輕視

☑ **bring ~ into play**
利用
        He *brought* his relationship *into play* to try to persuade the senators to back up the bill. 他利用自己的人際關係，說服參議員支持這項法案。

☑ **put ~ into practice**
實行
        We *put* the idea *into practice*.
我們將這個想法付諸實行。
回 *carry out*

☑ **take ~ into consideration**
考慮到
        We must *take* his children *into consideration*. 我們必須考慮到他的子女。
回 *take ~ into account* ; *take account of*

☑ **take ~ for granted**
認為~是當然的
        He spoke English so well that I *took* it *for granted* that he was an American.
他英文說得非常流利，我就以為他是美國人。

☑ **bring ~ to light**
公開;揭露

The police **brought** many new facts **to light**. 警方公開了許多新的事實。

☑ **keep ~ to oneself**
保密

I **kept** the news **to myself**.
我不會告訴別人這個消息。
* He **keeps** **to himself**. 他不與別人交往。

☑ **commit ~ to memory** 背誦

Commit the poem **to memory**.
把這首詩背下來。　　回 **learn ~ by heart**

☑ **talk ~ into V-ing**
說服~

I will **talk** my mother **into buying** a new dress. 我會說服媽媽買一件新衣服。
回 **persuade ~ to V**; **persuade ~ into V-ing**

☑ **talk … out of ~**
勸…放棄~

He **talked** her **out of** her foolish plan.
他勸她放棄這項愚蠢的計畫。
回 **dissuade … from ~**
* out of 後可接動詞或名詞。

☑ **turn ~ to account** 利用

You should **turn** your wisdom **to** best **account**. 你應該要好好利用你的智慧。

☑ **keep ~ from V-ing**
防止~做…

Illness **kept** him **from going** to school for a week. 疾病使他一星期都不能上課。
回 **prevent ~ from V-ing**

☑ **protect ~ from**
保護~免受

The police tried their best to **protect** the witness **from** being killed.
警方全力保護證人,以免他遭到殺害。

☑ **catch ~ by the arm**
抓住~的手臂

I **caught** her **by the arm**.
我抓住她的手臂。
* = I caught her arm.

☑ hit ~ on the head 打~的頭	He *hit* me *on the head*. 他打我的頭。 ＊＝He hit my head. ＊on my head 倒立；自己承擔責任
☑ play ~ by ear 不看樂譜演奏	My sister can *play* the most popular tunes *by ear*. 我妹妹可不看譜彈奏最流行的曲調。
☑ pull ~ by the sleeve 拉住~的衣袖	He *pulled* me *by the sleeve*. 他拉住我的袖子。 ＊＝He pulled my sleeve.
☑ stare ~ in the face 凝視~的臉	The man *stared* me *in the face*. 那個人凝視著我的臉。 ＊＝The man *stared at* my face.
☑ know ~ by heart 背誦	She *knows* many poems *by heart*. 她背了許多詩。 圓 *learn ~ by heart* ; *commit ~ to memory*
☑ know ~ by sight 曾見過面	I *know* Laura *by sight*, but we've never spoken. 我和蘿拉曾經見過面，但並未交談過。
☑ set ~ on fire 放火燒~	He *set* the old letters *on fire*. 他燒掉這些舊信。　　圓 *set fire to*
☑ take ~ by surprise 使~大吃一驚	The news *took* me *by surprise*. 這消息使我大吃一驚。 圓 *surprise*
☑ make oneself at home 不拘束	*Make yourself at home*. 不要拘束。

❖ 重要試題演練 ❖

( ) 1. Freedom to those born in a free society is often taken _____ granted.
(A) as   (B) for   (C) to   (D) with

( ) 2. There is, first, the New York of the man or woman who was born here, who _____ and accepts its size and its turbulence as natural and inevitable.
(A) takes the city for granted
(B) take the city as it is
(C) taken the city for a home
(D) taking the city for granted

    3. (英譯中) Please make yourself at home.

_____

( ) 4. You should _____ your promise into practice.
(A) put   (B) settle   (C) set   (D) handle

( ) 5. His sprained ankle prevented him _____ walking so he had to crawl to the nearest road.
(A) into   (B) from   (C) away   (D) to

( ) 6. The careless man _____ his house _____ fire.
(A) put , in   (B) set , on
(C) put , of   (D) set , in

( ) 7. They took me _____ surprise.
(A) for   (B) into   (C) with   (D) by

( ) 8. We must take this matter into _____ .
(A) count   (B) considerate
(C) account   (D) consider

(　) 9. If you <u>bear in mind</u> the errors you have made, you can avoid making the same ones again.
(A) hold in heart
(B) keep in mind
(C) make in heart
(D) take in mind

(　) 10. He _____ed his earlier experiences to good account writing for newspapers.
(A) use
(B) count
(C) turn
(D) utilize

(　) 11. New evidence has been brought into _____ .
(A) use
(B) work
(C) practice
(D) light

(　) 12. Why don't you make _____?
(A) many room
(B) yourself at home
(C) a suggestions
(D) his voice being unpleasant

(　) 13. May : Believe me, Sue, this program can help you with your geography course.
Sue : Okay, you've _____ me _____ watching it.
(A) kept , from
(B) talked , out of
(C) talked , into
(D) kept , in mind

──── 答　案 ────

1.(**B**)	2.(**A**)	3.請不要拘束。	4.(**A**)	5.(**B**)
6.(**B**)	7.(**D**)	8.(**C**)	9.(**B**)	10.(**C**)	11.(**D**)
12.(**B**)	13.(**C**)			

• 公式 *49* •

《 動詞 ＋ A ＋ 介系詞 ＋ B 》
attribute A *to* B 型

☐ **attribute A to B**
將 A 歸因於 B

She *attributed* her failure *to* bad luck.
她將她的失敗歸咎於運氣不好。
* We *attribute* tenderness *to* her.
　我們將她歸於柔弱型。

☐ **compare A to B**
將 A 喻為 B

A brave man is often *compared to* a lion.
勇敢的人通常被比喻為獅子。
* compare A with B 比較 A 與 B

☐ **owe A to B**
① 欠 B A (物)

② 將 A 歸功於 B

He *owes* twenty dollars *to* his friend.
他欠他的朋友二十元。
* = He *owes* his friend twenty dollars.
I *owe* it *to* him that I won the first prize.
我能贏得頭獎，要歸功於他。

☐ **prefer A to B**
喜歡 A 甚於 B

I *prefer* spring *to* fall.
我喜歡春天甚於秋天。
* = I like spring better than fall.

☐ **ask A for B**
向 A 要求 B

He *asked* me *for* some money.
他向我要些錢。
* May I *ask* a favor *of* you?
　我能請你幫忙嗎？

☐ **substitute A for B**
以 A 代替 B

You may *substitute* margarine *for* butter.
你可以用人造奶油代替奶油。

☐ **take A for B**
誤認 A 爲 B

He *took* me *for* my younger sister.
他誤認我是我妹妹。

☐ **name A C after B**
以 B 的名字來
命名 A 爲 C

My youngest daughter was *named*
Elizabeth *after* her aunt.
我的小女兒是以她姑媽的名字而命名爲伊莉莎白。

☐ **charge A with B**
①以 B 指控 A
②將 B 交付給 A

He was *charged with* murder.
他被指控謀殺。
同 *accuse* A *of* B
She is *charged with* an important mission.
她被委以重任。

☐ **provide A with B**
以 B 供給 A

The government *provides* him *with*
financial support. 政府提供他財務補助。
同 *supply* A *with* B

☐ **replace A with B**
以 B 代替 A

To win the election, you have to
replace words *with* deeds.
如果要贏得選舉，你必須以行動代替言詞。
＊with 可代換成 by。

☐ **convince A of B**
使 A 相信 B

He tried to *convince* me *of* his
innocence.
他試圖使我相信他的清白。

☐ **cure A of B**
治癒 A 的 B

The doctor *cured* him *of* rheumatism.
這醫生治癒他的風濕症。

☐ **deprive A of B**
自 A 剝奪 B

The car accident *deprived* her *of* her
beloved daughter.
這場車禍奪走了她的寶見女兒。

☑ **impose A on B**
將 A 加諸於 B

Don't ***impose*** your opinion ***on*** others.
不要強迫別人接受你的意見。
圓 *enforce* A *on* B

☑ **make A of B**
①以 B 製成 A

We ***make*** the house ***of*** brick.
我們用磚塊建造房子。
*make A of B：製造後不改變材料的性質
make A from B：製造後改變材料的性質
如：*make* butter *from* milk 用牛奶製造奶油

②使 B 成為 A

She wants to ***make*** a teacher ***of*** her son.
她希望使她的兒子成為老師。

☑ **relieve A of B**
使 A 免除 B

The medicine will ***relieve*** you ***of*** the pain. 這藥可解除你的疼痛。

☑ **remind A of B**
使 A 想起 B

This picture ***reminds*** me ***of*** my school days. 這幅畫使我想起學生時代。
*remind A to do 提醒A做~

☑ **rid A of B**
使 A 免除 B

It is not easy to ***rid*** a house ***of*** mice.
要趕走屋內的老鼠並不容易。
*get rid of 免除；擺脫

☑ **rob A of B**
搶奪 A 的 B

He ***robbed*** me ***of*** my parcel and ran away. 他搶了我的包裹就跑掉了。

☑ **distinguish A from B**
分辨 A 與 B

Can you ***distinguish*** Sue ***from*** her twin sister? 你能分辨蘇和她的孿生姊妹嗎？
*= Can you *distinguish between* Sue and her twin sister?
圓 *tell* A *from* B；*know* A *from* B

❖ 重要試題演練 ❖

(　) 1. This story has reminded us _____ the fact that some 10% of Harvard University's freshman class is Asian American.
    (A) to   (B) of   (C) with   (D) for

(　) 2. Nothing can _____ him of his mistake.
    (A) dissuade   (B) presume   (C) convince   (D) make

(　) 3. Most people in the world today have rid themselves _____ poverty.
    (A) of   (B) away   (C) from   (D) out of

    4. Before we left, we reminded him _____ his appointment with the doctor.

(　) 5. He _____ his success _____ his friend's encouragement.
    (A) contributed, to   (B) attributed, to
    (C) distributed, to   (D) pertributed, to

    6. He owed his success to his father.
    = It was owing to his father _____ he _____ .

(　) 7. I prefer physics _____ chemistry.
    (A) than   (B) as   (C) not   (D) to

答 案

1. **(B)**   2. **(C)**   3. **(A)**   4. *of*   5. **(B)**
6. *that , succeeded*   7. **(D)**

• 公式 *50* •

《 動詞＋oneself 》
avail oneself of 型

☐ **avail oneself of** 利用

I would like to *avail myself of* this chance to express my apology to you.
我想藉此機會向你表達歉意。
同 *make use of*; *take advantage of*

☐ **accustom oneself to** 使自己適應

Do you *accustom yourself to* this new working condition?
你能適應新的工作環境嗎？
同 *adapt oneself to*

☐ **apply oneself to** 專心於

He *applied himself to* his new task.
他專心於他的新工作。

☐ **bring oneself to** 促使

I cannot *bring myself to* believe the news. 我無法使自己相信這消息。
＊通常與 cannot(could not) 連用。

☐ **devote oneself to** 致力於

I will *devote myself to* the study of Chinese history. 我將致力於中國歷史的研究。
同 *dedicate oneself to*

☐ **help oneself to** 自行取用

Help yourself to the cookies, please.
請自己拿餅乾吃。

☐ **indulge oneself in** 沈迷於

He *indulged himself in* drinking.
他沈迷於酗酒。
同 *abandon oneself to*; *give oneself* (*up*) *to*

☐ **pride oneself on** 以～自豪

She *prides herself on* her skill in cooking. 她以自己的烹飪技巧自豪。
回 *be proud of*; *take pride in*

☐ **resign oneself to** 聽任

Encountering her misfortunes, she could do nothing but *resigned herself to* her fate. 面對種種不幸，她只能聽天由命。
回 *reconcile oneself to*

☐ **pull oneself together** 恢復精神

It was only a minor accident, but the passengers could not *pull themselves together*.
那只是個小意外，但乘客們卻都無法恢復過來。

☐ **concern oneself with** 關心

I don't *concern myself with* politics.
我不關心政治活動。

☐ **distinguish oneself** 使出名

She *distinguishes herself* in her profession. 她在職業上表現出眾。

☐ **enjoy oneself** 享樂

I *enjoyed myself* to the full at the party.
我在宴會中，玩得十分痛快。
回 *have a good time*

☐ **express oneself** 表示意見

I wish I could *express myself* correctly in English.
我希望能用英文正確地表達自己的意思。

☐ **recover oneself**
①重新站穩
②恢復意識

He almost fell, but quickly *recovered himself*. 他差點跌倒，但很快地又站穩腳步。
She fainted, but *recovered herself* soon.
她昏倒了，但很快又恢復意識。

✥ 重要試題演練 ✥

( ) 1. She had _____ herself _____ the ideal of free public education, she said, but the truth was the state system was in a mess.
(A) devoted, to (B) abandoned, to
(C) pulled, to (D) brought, to

2. (英譯中) He has completely abandoned himself to despair.

_____

( ) 3. He prided himself _____ being a member of parliament.
(A) of (B) with (C) on (D) in

( ) 4. I shall not _____ myself with his affairs.
(A) bring (B) accustom (C) resign (D) concern

( ) 5. John _____ _____ only _____ turning a good profit on his investments.
(A) concerns himself, with (B) avails himself, of
(C) helps himself, to (D) resigns himself, to

6. (英譯中) He seldom indulged himself in such idle thoughts.

_____

───────── 答 案 ─────────
1.(**A**)   2. 他自暴自棄。   3.(**C**)   4.(**D**)   5.(**A**)
6. 他很少這樣沈迷於悠遊自在的思緒中。

● 公式 *51* ●

《 動詞 + （代）名詞 + 形容詞 》
cut ~ dead 型

☐ **cut ~ dead**
　假裝不認識某人

An old friend of mine *cut* me *dead* when he walked with his girlfriend on the street. 我的一位老朋友和女友在街上見到我，假裝不認識我。

☐ **keep ~ posted**
　告訴某人

Keep me *posted* about what is going on. 告訴我到底發生了什麼事。

☐ **leave ~ alone**
　別干涉

Leave my papers *alone*.
別碰我的文件。
圓 *let ~ alone*

☐ **leave ~ cold**
　未能打動某人

His speech *left* the audience *cold*.
他的演講無法引起聽眾的興趣。

☐ **make oneself scarce**
　離開；不參加

On seeing plenty of strangers, he *made himself scarce*.
一看到這麼多陌生人，他就溜掉了。

☐ **make oneself understood**
　使自己被了解

I can't *make myself understood* in English.
我無法用英語表達自己。

☐ **take it easy**
　別緊張；放輕鬆

Take it easy. The examination is not difficult. 別緊張，考試並不難。

公式 *52*

《 動詞 + to - V 》
be to - V 型

☐ **be to**
① 將要(表預定)
② 應該；必須
　(表義務)
③ 可能性

The president *was to* visit Malaysia.
總統將到馬來西亞訪問。
You *are to* be back by ten o'clock.
你必須在十點以前回家。
Not a star *was to* be seen.
根本見不到一顆星。

☐ **come to**
談到；說到

When it *comes to* golf, I know nothing.
說到高爾夫球，我是一竅不通。

☐ **endeavor to**
努力

The club *endeavors to* raise 5,000 dollars.
該俱樂部努力籌募五千元的慈善基金。

☐ **fail to**
無法；不能

I *failed to* get your sister a position.
我無法幫你妹妹安插一個職位。

☐ **guarantee to**
保證

I *guarantee to* make the customers feel at home.
我保證讓顧客賓至如歸。

☐ **have to**
必須

Men *have to* eat. 民以食為天。
* have to 與 must 用在肯定句中皆作「必須」解，
　但用在否定句中則意義不同。
　比較下列兩句：
　You *mustn't* go. 你不可以走。
　You *don't have to* (= have not to) go.
　你不必走。

☐ **have got to**
必須

We*'ve got to* see him tonight.
我們今晚必須去看他。

☐ **manage to**
設法

Though I feel ill, I'll *manage to* go to her wedding.
雖然我很不舒服，我仍會設法參加她的婚禮。

☐ **never fail to**
一定

Never fail to come back by seven.
一定要在七點前回來。
* = Come back by seven *without fail.*
同 *be sure to*

☐ **resolve to**
決定

My father *resolved to* quit smoking.
我父親決定戒煙。

The council *resolved to* hold the international tournament in Tokyo.
議會決定下屆國際錦標賽在東京舉行。

☐ **used to**
①以前常常

②曾經

She *used to* go to the movies on Sunday.
她以前常在星期日去看電影。
* 可以代換成 would。

He *used to* love her.
他曾愛過她。
* 勿與 be used to「習慣於」混淆。
He *isn't used to* walking. 他不習慣走路。

❖ 重要試題演練 ❖

( ) 1. In general, however, he _____ the others well alone.
    (A) leaves   (B) have   (C) takes   (D) gets

( ) 2. He _____ to look so tired and so despairing and so hopeless, and now he's all smiles and he looks twenty years younger.
    (A) was   (B) meant   (C) used   (D) ought

( ) 3. I had been warned that Joe had undergone a complete transformation. I was meeting what to me was an entirely new kind of person _____
    (A) I never knew.
    (B) I used to know.
    (C) I didn't bother to know.
    (D) who transformed my understanding of my own being.

( ) 4. (複選) Every afternoon at three when Mary was about to start her violin lessons, I _____ go out for a walk.
    (A) would   (B) used   (C) used to
    (D) was used to   (E) got used to

( ) 5. There's no way of knowing where the man came from, let alone identifying him by name.
    (A) 他來處沒有路，也只有他沒名沒姓。
    (B) 不知他來自何處，只有他一個人叫這個名字。
    (C) 無法知曉他的來蹤，更不必提他的名字了。
    (D) 不知道他從那裡來，只知道叫這個名字的人是獨自來的。

答 案

1.**(A)**   2.**(C)**   3.**(B)**   4.**(A,C)**   5.**(C)**

● 公式 *53* ●

《 動詞片語 + 原形動詞 》
cannot ~ too 型

本公式的成語後必須接原形動詞，是考文法時經常出現的題目。

☐ **cannot ~ too** 再~也不	We *cannot* be *too* careful in driving a car. 我們開車時再小心也不爲過。
☐ **cannot but** 不得不；忍不住	I *cannot but* admire his courage. 我不得不佩服他的勇氣。 同 *cannot help V-ing*
☐ **do nothing but** 只是	She *did nothing but* weep all night. 她整晚只是哭泣。
☐ **had better** 最好	You *had better* take an umbrella with you. 你最好帶把傘。 ＊注意否定句時，not 的位置。 You had better *not* go. 你最好別去。
☐ **may as well** 最好	We *may as well* leave here at once. 我們最好馬上離開這裡。 同 *had better*
☐ **may well** 很有理由	You *may well* say so. 你有足夠的理由這樣說。 She *may well* be proud of her son. 她大可以她的兒子爲榮。 同 *have good reasons to*

❖ 重要試題演練 ❖

( ) 1. The Bombay frogs _____ very well end up on somebody's table.
(A) may   (B) shall   (C) can   (D) will

2. (英譯中) If he persists in laziness, he might as well withdraw from school.
如果他堅持懈怠下去，_____ 。

3. (英譯中) The way our drivers drive, we cannot be too careful when crossing the streets.

_____

( ) 4. The baby did nothing but _____ .
(A) cries   (B) cried   (C) cryed   (D) cry

( ) 5. The crisis <u>may very well</u> lead to a direct confrontation between the oil-importing nations and the oil-producing nations.
(A) cannot but   (B) has good reasons to
(C) might as well   (D) had better

( ) 6. There are some things in life we _____ pay any attention to.
(A) had not better   (B) had better not
(C) had better not to   (D) had not better to

( ) 7. You had _____ there again.
(A) better not to go   (B) better not go
(C) better going   (D) better not to have gone

答案

1.(**A**)   2. 倒不如退學算了。

3. 這裡的司機開車方式，使我們過街時再怎麼小心也不為過。

4.(**D**)   5.(**B**)   6.(**B**)   7.(**B**)

公式 *54*

《 動詞 + 名詞 + to-V 》
have little to do with 型

☐ **have little to do with**
與～沒什麼關係

Knowledge *has little to do with* wisdom. 知識與智慧沒有什麼關係。

☐ **have nothing to do with**
與～毫無關係

I *have nothing to do with* the matter. 我和那件事毫無關係。
＊have much to do with　與～大有關係

☐ **have something to do with**
與～有些關係

She *has something to do with* the crime. 她和這件犯罪案有些關係。
＊have anything to do with　與～有任何關係

☐ **have the kindness to-V**
好意～

He *had the kindness to* lend me his car. 他好意將他的車子借給我。
Please *have the kindness to* answer the letter as soon as possible. 務請儘早回信。
圊 *be kind enough to-V*

☐ **leave much to be desired**
有待改進

This plan *leaves much to be desired*. 這計劃缺點甚多。
囻 *leave nothing to be desired* 十分完美

☐ **leave nothing to be desired**
十分完美

Your composition *leaves nothing to be desired*. 你的作文十分完美。
圊 *be perfect*

◈ 重要試題演練 ◈

( ) 1. In our home, everyone minded his own business--no one had anything to _____ anyone else.
(A) make with (B) do with
(C) get by (D) come by

( ) 2. He has the _____ to help me.
(A) kind (B) kindness (C) kindly (D) kindling

3. (中譯英) 科學家相信拼字能力和基本智力沒什麼關係。

_____

( ) 4. She has _____ to do with the crime ; she is innocent.
(A) something (B) anything
(C) nothing (D) one thing

( ) 5. There is much to be desired in your work.
你的工作 _____。
(A) 令人滿意 (B) 令人羨慕 (C) 有待改進 (D) 大有前途

( ) 6. In fact, robots like these _____ with science fiction films than with real life.
(A) have the kindness
(B) have more to do
(C) have little to do
(D) have left much to be desired

答 案

1.**(B)**   2.**(B)**   4.**(C)**   5.**(C)**   6.**(B)**

3.*Scientists believe that spelling ability has little to do with basic intelligence.*

公式 *55*

《 動詞片語 + V-ing 》
be above V-ing 型

　　本公式的成語後必須接動名詞，另外 remember 和 stop 後可接動名詞，亦可接不定詞，但意義不同，要特別注意。

☑ **be above** 　**V-ing** 不屑於～	He *is above telling* lies. 他不屑於說謊。
☑ **be on the** 　**point of V-ing** 　正要～	He *was on the point of starting*. 他正要出發。 ＊make a point of V-ing 必定～；強調～
☑ **be worth** 　**V-ing** 值得～	This job *is worth doing*. 這份工作值得做。 ＊= It is worthwhile doing(to do) the job. 　= It is worthwhile for you to do this job.
☑ **burst out** 　**V-ing** 忽然～	She *burst out crying* on entering the room. 進入房間時，她突然大哭起來。 ＊burst out crying = burst into tears
☑ **cannot help** 　**V-ing** 不禁～	I *couldn't help crying* when hearing the news. 我聽到這消息不禁哭了起來。
☑ **come near** 　**V-ing** 　幾乎～；差點～	She *came near being* run over by a car. 她差點被一部車子輾過。 ＊= She was nearly run over by a car.
☑ **feel like** 　**V-ing** 想要～	I *feel like taking* a walk. 我想要散散步。

☐ **have difficulty in V-ing**
對於～有困難

Do you *have* any *difficulty in speaking* English?
你對說英文有任何困難嗎?

☐ **remember V-ing**
記得曾～

He *remembered seeing* (*having seen*) them. 他記得曾看過他們。
* remember + V-ing 表動作已經發生
  remember + to-V 「記得去～」表動作未發生
  Remember to *mail* this letter.
  記得寄這封信。

☐ **stop V-ing**
停止做～

She *stopped talking*. 她停止說話。
* stop to V 停下來開始～
  She *stopped to talk*. 她停下來開始說話。

☐ **Do you mind my V-ing**
你介意我～

Do you mind my smoking?
你介意我抽煙嗎?
* = Do you mind if I smoke?
* 若介意,則回答 Yes, I do.
  若不介意,則用 No, not at all.
  或 Of course not.

☐ **It goes without saying that ～**
不用說～

It goes without saying that eating between meals is not good for health.
不用說,在兩餐間吃東西對健康不好。
同 *Needless to say*

☐ **It is no use V-ing**
～是沒有用的

It is no use (your) *trying* to persuade him. 想說服他是沒有用的。
* = It is no use (for you) to try to ～

☐ **There is no V-ing**
不可能～

There is no telling what may happen.
不可能知道會發生什麼事
* = We cannot tell ～
  = It is impossible to tell ～

❀ 重要試題演練 ❀

(　) 1. May : Excuse me, but I ＿＿＿＿ noticing your earrings.
Sue : Oh, they were a present from my parents.
(A) couldn't help (B) feel like
(C) come near (D) stop

(　) 2. They don't feel like ＿＿＿＿ tonight.
(A) eating out (B) to eating out
(C) to eat out (D) eat out

　　 3. Do you mind my ＿＿＿＿ you some questions about your family?
= Do you mind if I ask you some questions about your family?

(　) 4. He shouted all of a sudden. That is, he ＿＿＿＿ shouting.
(A) burst out (B) bursted out
(C) burst into (D) bursted into

(　) 5. It's ＿＿＿＿ asking Mr. Smith to help you. He's a stone-hearted old man.
(A) not good (B) no useful
(C) no use (D) an utter failure

(　) 6. 這本書不值得讀。
(A) This book does not worth reading.
(B) This book does not worth to read.
(C) This book is not worth reading.
(D) This book is not worth read.
(E) This book is not worth to read.

─── 答 案 ───
1. (**A**)　2. (**A**)　3. *asking*　4. (**A**)　5. (**C**)　6. (**C**)

• 公式 56 •

《 be + 副詞 + $\left\{\begin{array}{l}\text{副 詞}\\\text{介系詞}\end{array}\right\}$ 》

be badly off 型

☐ **be badly off**
　①生活窮困

She *is worse off* than she was five years ago. 她比五年前更窮困。
* 注意 badly 的比較級
囫 *be well off* 生活過得很好

　②缺少

The elementary school *is* really *badly off* for English teachers.
這所小學非常缺乏英文教師。

☐ **be better off**
　①生活更富裕

Since my father got this job, we *are better off*.
自從父親得到這份工作，我們的生活就更富裕了。

　②更快樂

I *am better off* living alone.
我一個人住會比較快樂。

☐ **be well off**
　生活富裕

They *are well off* on the island.
他們在島上過得很富裕。
囫 *be badly off* 生活窮困

☐ **be all over with**
　完了；結束

It *is all over with* him.
他完了。　*主詞多用 it。

☐ **be through with** 完成

When will you *be through with* your homework? 你的作業什麼時候做完？
* with 可以省略

❖ 重要試題演練 ❖

(　) 1. 他的境況比三年前好得多。
　　　(A) It has been three years since he achieved success.
　　　(B) He is far better off now than he was three years ago.
　　　(C) His conditions have been improved over the last three years.
　　　(D) It was only three years ago that he found himself at a total loss.

(　) 2. He is far better _____ than he was two years ago, and now he lives in great comfort.
　　　(A) over　　　(B) through　　(C) of　　　(D) off

(　) 3. We will be through with our examination next week.
　　　(A) study　　　(B) finish　　(C) begin　　(D) take

(　) 4. (挑錯並改正) The Smiths are badly of this year.
　　　　　　　　　　(A)　　　　(B)　(C)　　　(D)

　　5. 可憐的湯姆已經完了。
　　　It's all _____ with poor Tom.

　　6. (英譯中) Is everybody through with the dessert?

_____

━━ 答　案 ━━

1. (**B**)　　　2. (**D**)　　　3. (**B**)　　　4. (**C**) *of → off*

5. *over*　　　6. 大家吃完甜點了嗎？

● 公式 57 ●

《 be + 形容詞 + to - V 》
be able to - V 型

☐ **be able to** 能夠	Will you *be able to* come here tomorrow? 你明天能來這裡嗎？ 　回 *can*
☐ **be about to** 即將	I *was* just *about to* leave when you telephoned. 你打電話來的時候，我正好要離開。 回 *be going to* ＊be about to 比 be going to 更具文語意味， 　且更能明確表達 be on the point of 之意。
☐ **be anxious to** 渴望	I *am anxious to* meet her. 我渴望見到她。 　回 *be eager to* ＊be anxious for 渴望 　be anxious about 擔心
☐ **be apt to** 易於	He *is apt to* make mistakes. 他容易犯錯。 回 *be prone to*；*be inclined to*
☐ **be bound to** 一定	We *are bound to* be late if you don't hurry. 你再不快點，我們一定會遲到。
☐ **be liable to** 易於；可能的	A typhoon *is liable to* come next week. 下星期可能會有颱風。 ＊be liable to heart attacks「容易引起心臟病 　的發作」，to 的後面亦有接名詞的用法。
☐ **be likely to** 可能	He *is likely to* hand in his resignation tomorrow. 他可能會在明天提出辭呈。

❖ 重要試題演練 ❖

( ) 1. Fortunately, Morris was _____ to pull his son away before the boy was seriously burned.
(A) likely   (B) able   (C) bound   (D) sure

( ) 2. He _____ come at any time.
(A) is sure to   (B) is likely to
(C) is bound to   (D) is possible to

3. I can operate that machine.
= I _____ _____ _____ operate that machine.

( ) 4. It seemed that something unusual _____ .
(A) was about to happen
(B) was possible to take place
(C) was going to be happened
(D) was bound to be taken place.

( ) 5. A number of studies suggest that individuals with type A personalities are more _____ than others _____ develop cardiac conditions.
(A) sure , to   (B) anxious , to
(C) likely , to   (D) possible , to

( ) 6. Public transport facilities _____ enough seats to spare at the busiest hours.
(A) is able of providing   (B) are able of providing
(C) is able to provide   (D) are able to provide

─────── 答 案 ───────

| 1.(**B**) | 2.(**B**) | 3. *am*, *able*, *to* | 4.(**A**) |
| 5.(**C**) | 6.(**D**) | | |

• 公式 58 •

《 be + 形容詞 + for 》
be anxious for 型

☐ be anxious for 渴望	They *are anxious for* riches. 他們渴望富有。　 回 *be eager for*
☐ be bound for 前往	This airplane *is bound for* Hawaii. 這架飛機前往夏威夷。
☐ be famous for 以~聞名	Tainan *is famous for* its historic sites. 台南以史跡聞名。　 回 *be noted for* ＊be notorious for 以~而惡名昭彰
☐ be good for 有益於	This drug *is good for* a cold. 這藥對感冒有幫助。 ＊be good for nothing 無價值的；毫無用處的
☐ be prepared for 對~有準備	We *are prepared for* the worst. 我們已有最壞的打算。 ＊be prepared to V 願意 I'*m prepared to* help you. 我願意幫助你。
☐ be ready for 已做好~準備	Our team *is ready for* the game. 我隊已做好了比賽的準備。
☐ be responsible for ①對~負責 ②成為~的原因	A bus driver *is responsible for* the safety of the passengers. 公車司機要對乘客的安全負責。 Bad luck *is responsible for* his failure. 運氣不好是他失敗的原因。

❖ 重要試題演練 ❖

(　) 1. He's going to wash his hands of the business.
    (A) His hands are dirty ; he's going to wash them.
    (B) His hands need washing.
    (C) He'll not be responsible for the business.
    (D) He'll start the whole thing as soon as he get himself cleaned.

(　) 2. The pilot of an airplane is responsible _____ the safety of the passengers.
    (A) at   (B) with   (C) of   (D) for

(　) 3. I was eager _____ a dissolution of the partnership with John.
    (A) to   (B) for   (C) with   (D) at

(　) 4. The people were anxious _____ peace.
    (A) for   (B) in   (C) at   (D) over

(　) 5. The artist is famous _____ his genius and great originality.
    (A) to   (B) as   (C) by   (D) for

(　) 6. Mary: My father quit smoking three months ago.
    Sue : _____ him. I wish my Dad could do that, too.
    (A) Eager for   (B) Good for
    (C) Ready for   (D) Bound for

───── 答 案 ─────
1.(**C**)　　2.(**D**)　　3.(**B**)　　4.(**A**)　　5.(**D**)　　6.(**B**)

公式 *59*

《 be + 形容詞 + from 》
be absent from 型

☑ **be absent from** 缺席

He *is absent from* school with a cold.
他因感冒而沒去上學。　　囡 *be present at*

☑ **be different from** 和~不同

My plan *is different from* his.
我的計劃和他的不同。
* = My plan *differs from* his.

☑ **be free from** 免於~的

This mushroom *is free from* poison.
這洋菇無毒。
* be free from 與 be free of 往往可以通用，
大致而言，of 著重於免除狀態，from 則著重於
免除不好的事物。
如：This brochure *is free of* charge.
　　這本小冊子是免費的。

☑ **be tired from** 因~而感到疲倦

I*'m* very *tired from* traveling.
我因旅行而感到疲倦。
* 勿與 be tired of「對~感到厭煩」混淆。
He *is tired of* his monotonous life.
他對自己單調的生活感到厭煩。

✧ 重要試題演練 ✧

(　) 1. France is not much different _____ Germany.
    (A) for   (B) with
    (C) from   (D) to

    2. 他今天沒來上課。
      He was _____ _____ the class today.

(　) 3. Two important secrets of long life are regular exercise and freedom _____ worry.
    (A) for   (B) with
    (C) to   (D) from

(　) 4. She got _____ from ironing the clothes.
    (A) tire   (B) tiresome
    (C) tiring   (D) tired

    5. (英譯中) He is free from reproach.
    _____

(　) 6. His second book is different _____ his first.
    (A) to   (B) from
    (C) with   (D) for

(　) 7. The laser is different _____ ordinary light _____ nature and quality.
    (A) from , in   (B) with , on
    (C) from , on   (D) with , in

―――――― 答 案 ――――――

1. (**C**)   2. *absent, from*   3. (**D**)   4. (**D**)
5. 他沒有被責罵。   6. (**B**)   7. (**A**)

• 公式 *60* •

《 be + 形容詞 + of 》
be afraid of 型

☐ **be afraid of**
害怕

He *is afraid of* dying.
他害怕死亡。
*＊be afraid to V 怕~
He *is afraid to* go there.
他不敢去那裡。

☐ **be aware of**
察覺到

They *were aware of* the danger.
他們察覺到危險。
同 *be conscious of*
反 *be unaware of* 沒有察覺到

☐ **be capable of**
能夠

He *is capable of* driving a car.
他會開車。
*＊= He *can* drive a car.
= He *is able to* drive a car.

☐ **be clear of**
還清(債務)

I *am clear of* debt.
我已還清債務。

☐ **be envious of**
羨慕

We are apt to *be envious of* others' luck. 我們容易羨慕別人的運氣。 同 *envy*

☐ **be fond of**
喜歡

She *is* very *fond of* children.
她非常喜歡小孩。 同 *like*

☐ **be free of**
免於~的

This camera *is free of* duty.
這相機是免稅的。

☐ **be full of**
充滿

The room *was full of* people.
房間裡擠滿了人。
回 *be filled with*

☐ **be guilty of**
犯(罪)的

He *was guilty of* murder.
他犯了殺人罪。
回 *commit*
反 *be innocent of* 沒有犯～的

☐ **be ignorant of**
不知道

People who live in the city *are* often *ignorant of* farm life.
住在城市裡的人往往對農村生活一無所知。

☐ **be independent of** 脫離～獨立

He *is independent of* his parents.
他要脫離父母獨立。
反 *be dependent on* 依賴
＊注意反義詞的介系詞用 on 。

☐ **be indicative of** 表示；象徵

A high forehead *is* always *indicative of* great mental power.
前額高一向表示智慧高。

☐ **be jealous of**
嫉妒

He *is jealous of* his sister.
他嫉妒他的姊姊。

☐ **be proud of**
以～為傲

She *is proud of* her daughter.
她以她的女兒為傲。
回 *take pride in*；*pride oneself on*

☐ **be short of**
缺乏

I *am short of* money. 我缺錢。
＊fall short of 未能達到
　You should strive not to *fall short of* your parents' expectations.
　你應該努力，不要辜負父母的期望。

☑ **be sure of**
確信

He *is sure of* success. 他確信會成功。
*= He is sure that he will succeed.
* 比較：He *is sure to* succeed.
　　　= I am sure that he will succeed.
　　　(我確信)他一定會成功。

☑ **be tired of**
對～感到厭煩

I *am tired of* my job.
我對我的工作感到厭煩。
同 *be sick of*; *be fed up with*
* be tired from 因～而感到疲倦

☑ **be true of**
適用於

This book *is true of* beginners.
這本書適用於初學者。
* be true to 對～忠實

☑ **be worthy of**
值得

His deed *is worthy of* praise.
他的行為值得稱讚。
反 *be unworthy of* 不值得
* be worth V-ing
　= be worthy to V
　= It is worth while V-ing
　= It is worth while to V

☑ **be hard of hearing**
聽力不好

The boy *is hard of hearing*.
這男孩聽力不好。
反 *be quick of hearing* 聽力敏銳

✦ 重要試題演練 ✦

(　) 1. I am pressed for money at the moment myself. Sorry, I can't possibly lend you any.
　　(A) I don't want to lend you any money.
　　(B) I can afford to lend you some, but I don't think I will.
　　(C) I never believe in borrowing money from others.
　　(D) I am short of money myself.

(　) 2. Such a competent man as he will be _____ of accomplishing this hard task.
　　(A) able　　　(B) likely　　(C) possible　(D) capable

(　) 3. They were jealous _____ his success.
　　(A) 羨慕 , of　　(B) 嫉妒 , of　　(C) 漠視 , to　　(D) 慶幸 , to

(　) 4. "Your sons have their name on buildings and in TV commercials, " said one of Mother's friends. " I'll bet you're really _____ ."
　　(A) worry about them　　　(B) proud of them
　　(C) anxious about them　　　(D) shattered to pieces

　　5. He is fond _____ music.

　　6. (英譯中) John is proud of his academic record.

_____

┌─── 答　案 ───┐
1.**(D)**　　2.**(D)**　　3.**(B)**　　4.**(B)**　　5. *of*
6. 約翰以他的學業成績為傲。
└────────────┘

• 公式 *61* •

《 be + 形容詞 + to 》
be due to 型

☐ **be due to**
由於

His success *was due to* his diligence.
他的成功是由於他的勤勉。
＊be due to 的 to 是介系詞，後接動名詞或名詞。

☐ **be equal to**
勝任

He *is* not *equal to* the job.
他不能勝任這工作。

☐ **be familiar to**
熟悉

The subject *is familiar to* him.
他熟悉這個題目。
＊= He *is familiar with* the subject.

☐ **be indifferent to**
對～漠不關心

He *is indifferent to* the suffering of others. 他對別人的痛苦漠不關心。
＊be different from 和～不同

☐ **be inferior to**
劣於；比～差

This *is inferior to* that.
這個比那個差。　　反 *be superior to* 優於

☐ **be prone to**
有～傾向；易於

He *is prone to* idleness.
他有懶惰的傾向。　　同 *be subject to*

☐ **be superior to** 優於

His intelligence *is superior to* hers.
他的智慧優於她。

☐ **be second to none** 不輸給任何人(東西)

He *is second to none* in English.
在英文方面他不輸給任何人。

✦ 重要試題演練 ✦

( ) 1. Not all imported products are superior _____ our own.
　　(A) with　　(B) to　　(C) than　　(D) for

( ) 2. _____ the fact that the measuring instruments were defective, the experiment was a failure.
　　(A) Due to　　　　　　(B) Owing
　　(C) Viewing　　　　　(D) According to

( ) 3. His English is second _____ none in the class.
　　(A) after　　(B) in　　(C) to　　(D) during

( ) 4. He is prone _____ anger.
　　(A) in　　(B) from　　(C) off　　(D) to

( ) 5. The machine seemed familiar _____ him.
　　(A) at　　(B) for　　(C) to　　(D) with

( ) 6. He is indifferent _____ his appearance.
　　(A) from　　(B) of　　(C) to　　(D) for

( ) 7. This camera is inferior _____ yours.
　　(A) by　　(B) to　　(C) of　　(D) with

　8. The task is not difficult for me.
　　= I am equal _____ the task.

答 案

1.(**B**)	2.(**A**)	3.(**C**)	4.(**D**)	5.(**C**)
6.(**C**)	7.(**B**)	8.*to*		

公式 *62*

《 be + 形容詞 + with 》
be angry with 型

☑ **be angry with**
對~生氣

He *was angry with* me.
他對我生氣。

☑ **be compatible with**
與~一致

It *is* not *compatible with* what he told me before. 這和他以前告訴我的並不一樣。
回 *be consistent with*

☑ **be content with** 對~滿意

I *am content with* my present life.
我對我目前的生活感到滿意。

☑ **be familiar with**
①熟悉；精通

He *is familiar with* several languages.
他精通數種語言。
* 人 + be familiar with + 物
　= 物 + be familiar to + 人
He *is familiar with* the subject.
= The subject *is familiar to* him.
　　他熟悉這個題目。

②與~交情好

I *am familiar with* him.
我和他交情不錯。
* = I *am on familiar terms with* him.

☑ **be popular with**
受~歡迎

Swimming *is popular with* all ages.
游泳是一項老少咸宜的運動
* with 可用 among 代替。

⊕ 重要試題演練 ⊕

(　) 1. 我們熟悉他的名字。
　　　(A) His name is familiar about us.
　　　(B) His name is familiar with us.
　　　(C) We are very familiar with his name.
　　　(D) We are very familiar about his name.

(　) 2. Accuracy is not always compatible ＿＿＿ haste.
　　　(A) with　　　　　　　　(B) over
　　　(C) in　　　　　　　　　(D) off

(　) 3. Tom is popular ＿＿＿ other children.
　　　(A) over　　　　　　　　(B) with
　　　(C) at　　　　　　　　　(D) in

(　) 4. " Did he accept your excuse? "
　　　" No, he became very angry ＿＿＿ me. "
　　　(A) to　　　　　　　　　(B) against
　　　(C) with　　　　　　　　(D) for

(　) 5. He is content ＿＿＿ his present position.
　　　(A) at　　　　　　　　　(B) over
　　　(C) with　　　　　　　　(D) for

　　6. All these procedures are by no means unfamiliar to you.
　　　= You are certainly familiar ＿＿＿ all these
　　　procedures.

答 案

1.(**C**)　　2.(**A**)　　3.(**B**)　　4.(**C**)　　5.(**C**)　　6. *with*

● 公式 63 ●

《 be + 形容詞 + 其他介系詞 》
be angry about 型

☐ **be angry about** 對～生氣

He *was angry about* her conduct.
他對她的行爲感到生氣。　圓 *be angry at*

☐ **be anxious about** 擔心

She *was anxious about* her child.
她擔心她的孩子。
*be anxious to V 渴望～

☐ **be angry at** 對～生氣

He *was angry at* her answer.
他對她的回答感到生氣。
*be angry with +人 生某人的氣

☐ **be good at** 精通

She *is good at* English.
她精通英文。　反 *be poor at* 差勁；不擅長

☐ **be poor at** 差勁；不擅長

I *am poor at* mathematics.
我的數學不好。　*at 可用 in 代替。

☐ **be dependent on** 依賴；視～而定

Success *is dependent on* your efforts.
成功要靠你的努力。
反 *be independent of* 不依賴

☐ **be hard on** 對～過分嚴厲

Why *are* you *hard on* Jack?
你爲什麼對傑克不好？

☐ **be insistent on** 堅持

He *was insistent on* going abroad.
他堅持要出國。　圓 *insist on*

❖ 重要試題演練 ❖

(　) 1. He is not dependent ＿＿＿＿ his parents.
    (A) of   (B) on
    (C) from   (D) with

(　) 2. He is hard ＿＿＿＿ his subordinates.
    (A) with   (B) at
    (C) to   (D) on

3. 他精通法文。He is very ＿＿＿＿ ＿＿＿＿ French.

4. 不顧天雨，他堅持要外出。
    In spite of the rain, he was ＿＿＿＿ ＿＿＿＿ going out.

(　) 5. He was ＿＿＿＿ his son.
    (A) angry with   (B) good at
    (C) insistent on   (D) bent on

6. I insisted on the justice of my cause.
    = I ＿＿＿＿ ＿＿＿＿ ＿＿＿＿ the justice of my cause.

(　) 7. Her parents were anxious ＿＿＿＿ her safety.
    (A) to   (B) at
    (C) about   (D) with

答 案

1.(**B**)	2.(**D**)	3.*good, at*	4.*insistent, on*
5.(**A**)	6.*was, insistent, on*		7.(**C**)

公式 *64*

《 be + 過去分詞 + of 》
be bereaved of 型

☐ **be bereaved of** 喪失
She *was bereaved of* her only daughter.
她的獨生女死了。

☐ **be convinced of** 確信
I *am convinced of* his guilt.
我確信他有罪。

☐ **be deprived of** 被剝奪
He *was deprived of* sight by the accident.
那次的意外使他失明。

☐ **be made of** 由~製成
Most Japanese houses *are made of* wood.
日本房子多數是由木頭製成。

☐ **be made up of** 由~組成
The Morse code *is made up of* dots and dashes. 摩斯電碼是由點和線所組成。
同 *consist of*; *be composed of*

☐ **be possessed of** 擁有
She *is possessed of* a large house.
她擁有一座大宅。
＊be possessed by(with) 被~附身

☐ **be robbed of** 被搶走
He *was robbed of* his money.
他的錢被搶了。
＊rob *sb.* of *sth.* 搶劫某人~

❖ 重要試題演練 ❖

(　) 1. Stone Age hunters had only crude weapons _____ stone and wood.
    (A) robbed of   (B) made of
    (C) proud of   (D) made up

(　) 2. All living organisms except the simplest ones are composed _____ cells.
    (A) of   (B) with
    (C) from   (D) to

(　) 3. For hundreds of years cases of supernatural happenings have been reported with strange similarity from all over the world. But only in the last century has any serious study been made _____ these apparently fanciful stories.
    (A) of   (B) from
    (C) to   (D) with

    4. (英譯中) I am convinced of the value of keeping a diary.

        ————————————————————————————

    5. 水由氫和氧構成。
    Water is _____ up _____ hydrogen and oxygen.

(　) 6. Many bags are made _____ paper, foil, or thin plastic.
    (A) by   (B) from
    (C) in   (D) for
    (E) of

━━ 答 案 ━━

1.(**B**)　　2.(**A**)　　3.(**A**)　　4. 我深信寫日記的價值。
5. *made* , *of*　　6.(**E**)

• 公式 65 •

《 be + 過去分詞 + in 》
be absorbed in 型

☑ **be absorbed in**
熱中於；專心於

He *was absorbed in* baseball.
他熱愛棒球。
He *was* too *absorbed in* his newspaper to hear the bell.
他專心看報，沒聽見門鈴聲。
同 *be engrossed in* ; *be lost in*

☑ **be caught in**
遇到

We *were caught in* a shower on our way home.
在回家途中我們遇到了陣雨。

☑ **be engaged in**
從事於；忙著

He *was engaged in* medical research.
他從事於醫學研究。

☑ **be interested in** 對~有興趣

I *am* much *interested in* music.
我對音樂很有興趣。

☑ **be lost in**
①沈迷於
②迷惘的

She *is* always *lost in* music.
她總是沈醉於音樂中。
He *is lost in* discussion of those abstract theories.
對於抽象學理的討論，他完全搞不清楚。
*lose oneself in 迷失；沈迷

☑ **be versed in**
精通於

He *is versed in* American literature.
他精通美國文學。
同 *be at home in* ; *be good at*

✥ 重要試題演練 ✥

( ) 1. Being a shrewd businessman, John is naturally interested _____ making more money.
(A) in   (B) of   (C) by   (D) at

( ) 2. From the passage above, it may be surmised that "we" were most likely engaged _____ the conquest of some mountain.
(A) by   (B) to   (C) at   (D) in

( ) 3. He _____ deep thought.
(A) was jealous of   (B) was through with
(C) was absorbed in   (D) abandoned himself in

4. 潘蜜拉對她所做之事很感興趣。
Pamela was very _____ _____ what she was doing.

( ) 5. 我父親精通英文。
My father is well _____ English.
(A) versed in   (B) lost in   (C) envious of
(D) tired of   (E) interested in

( ) 6. Dr. Freyberg discovered that her patients who were easily _____ fantasy usually responded more quickly to treatment.
(A) engaged in (B) engaged (C) engaging in (D) engaging

( ) 7. As it happened, he never got to the point of playing the game at all ; he <u>lost himself</u> in the study of it, watching the errors of the players.
(A) failed to succeed   (B) gave up
(C) ruined himself   (D) became absorbed

─── 答 案 ───

1.(**A**) 2.(**D**) 3.(**C**) 4.*interested* , *in* 5.(**A**) 6.(**A**) 7.(**D**)

● 公式 66 ●

《 be + 過去分詞 + with 》
be acquainted with 型

☐ **be acquainted with** 認識	I *am acquainted with* her mother. 我認識她母親。　回 *get acquainted with*
☐ **be compared with** 與～比較	The earth is only a baby when it *is compared with* many other bodies in the sky. 地球與許多其他天上的星球比起來，只不過是個嬰兒。
☐ **be concerned with** 與～有關	He *is* not *concerned with* the affair. 他和這件事無關。 ＊be concerned about 關心
☐ **be crowded with** 擠滿	The town *was crowded with* visitors. 這市鎮擠滿遊客。 回 *be filled with* ; *be full of*
☐ **be fed up with** 對～厭煩	We *are fed up with* your complaints. 我們聽夠了你的怨言。　回 *be tired of*
☐ **be occupied with** 忙於	He *is occupied with* translating an English novel. 他正忙著翻譯一本英文小說。 ＊with 可用 in 代換
☐ **be pleased with** 對～高興	I *am pleased with* your success. 我為你的成功感到高興。 ＊be pleased to V 高興～
☐ **be satisfied with** 對～滿意	I *am satisfied with* the job. 我滿意這工作。　回 *be content with*

◈ 重要試題演練 ◈

(　　) 1. Incoming messages are examined and compared one by one ＿＿＿＿ past experiences which have made patterns in the brain.

    (A) to　　　　(B) at　　　　(C) on　　　　(D) with

(　　) 2. They are concerned ＿＿＿＿ their children's education.

    (A) to　　　　(B) about　　　(C) at　　　　(D) on

(　　) 3. His teacher seemed to ＿＿＿＿ his composition.

    (A) be satisfied with　　　　(B) satisfy

    (C) be satisfy with　　　　　(D) be satisfied to

(　　) 4. Are you fully ＿＿＿＿ the truth of the whole business?

    (A) crowded with　　　　(B) compared with

    (C) acquainted with　　　(D) pleased with

(　　) 5. I am occupied ＿＿＿＿ new works.

    (A) at　　　　(B) for　　　　(C) of　　　　(D) with

(　　) 6. The whole shelves were crowded ＿＿＿＿ bottles.

    (A) for　　　　(B) with　　　(C) over　　　(D) in

    7. 他的故事我們已經聽膩了。

    _____

答 案

1.**(D)**　　2.**(B)**　　3.**(A)**　　4.**(C)**　　5.**(D)**　　6.**(B)**

7.*We are fed up with listening to his story.*

• 公式 67 •

《 be + 過去分詞 + 其他介系詞 》
be accustomed to 型

同學常容易把介系詞的 to 當作不定詞，因而下列帶有 to 的成語也就成為老師最愛出題的對象，不可不留心。

☐ **be accustomed to** 習慣於

I *am accustomed to* sleeping for an hour after lunch. 我習慣午餐後睡一小時。
圓 *be used to* ; *be adapted to*

☐ **be attached to** 愛惜；依戀

He *is* deeply *attached to* the old typewriter. 他非常愛惜那台老舊的打字機。

☐ **be devoted to** 致力於

He *has been devoted to* the study of medicine for the past several years. 他過去這幾年來都致力於醫學的研究。

☐ **be known to** 為～所熟知

This dictionary *is known to* everybody. 這本字典為大家所熟知。
*比較: A man *is known by* the company he keeps. 觀其友知其人。

☐ **be opposed to** 反對

His parents *are opposed to* the match. 他的父母反對這門親事。 圓 *object to*

☐ **be related to**
①和～有親戚關係
②與～有關

I *am* not *related to* him in any way. 我與他絲毫沒有親戚關係。
The two problems *are related to* each other. 這兩個問題互有關連。

☐ **be used to**
習慣於

I'*m* not *used to* getting up early.
我不習慣早起。
＊比較：The Tower of London *used to* be
　　　　a prison. 倫敦塔過去是監獄。

☐ **be bent on**
專心致力於

He *is bent on* learning French.
他專心致力於學習法文。
回 *be intent on*

☐ **be cut out
for** 適合

He has *been cut out for* the job.
他適合那份工作。
Tom and Judy *are cut out for* each
other. 湯姆和茱莉是天造地設的一對。

☐ **be intended
for**
計畫要；預定

This gift *was intended for* you.
這禮物是要送給你的。
＊＝I *intended* this gift *for* you.

☐ **be known for**
以～(特色)聞名

Guiline *is known for* its beautiful
scenery. 桂林因風景優美而聞名。

☐ **be surprised
at** 對～感到驚訝

I *was surprised at* the news.
我對這消息感到驚訝。
＊＝I was surprised *to hear* the news.

☐ **be astonished
at** 對～感到驚訝

I *was astonished at* your behaving like
that. 我對你那樣的舉動感到驚訝。
＊＝I was astonished *to see* you behaving
　　like that.

☐ **be known as**
以～(身份)聞名

Mark Twain *was known as* a humorous
writer. 馬克吐溫以幽默作家聞名。

✦ 重要試題演練 ✦

(　　) 1. We ＿＿＿＿＿ blaming modern industrial growth for the destruction of the natural environment.
(A) are used to　　　　　　(B) used to
(C) getting used to　　　　(D) use to

(　　) 2. For many years, thousands of men have been devoted ＿＿＿＿＿ discovering the secrets of how the brain does its work.
(A) of　　　(B) to　　　(C) with　　　(D) at

(　　) 3. He is my relative; in other words, I ＿＿＿＿＿ him.
(A) am jealous of　　　　(B) am pleased with
(C) am surprised at　　　(D) am related to

　　4. (英譯中) I am afraid he might be opposed to our plan.

＿＿＿＿＿＿＿＿＿＿＿＿＿＿＿＿＿＿＿＿＿＿＿＿

(　　) 5. All of his friends were opposed ＿＿＿＿＿ having a party because of the cost.
(A) of　　　(B) at　　　(C) with　　　(D) to

(　　) 6. John, shy and slow and lazy, <u>didn't seem to be cut out for</u> journalism.
(A) didn't really like
(B) was naturally fond of
(C) was not really fit for
(D) was not satisfied with

```
━━━━━━━━━ 答 案 ━━━━━━━━━
1.(A)    2.(B)    3.(D)    4. 我恐怕他會反對我們的計畫。
5.(D)    6.(C)
```

● 公式 *68* ●

《 be + 過去分詞 + to - V 》
be compelled to - V 型

　　本公式的 be obliged to 後若接原形動詞，作「被迫」解；若接人稱代名詞受格，則是「感激」的意思。

☑ **be compelled to** 被迫	He *was compelled to* confess. 他被迫招供。　同 *be forced to*
☑ **be destined to** 註定	He *was destined to* enter the Church. 他註定要當牧師。
☑ **be determined to** 決心	Whatever the result may be, I *am determined to* do my best. 不管結果如何，我決心要盡全力。
☑ **be forced to** 被迫	She *was forced to* borrow money. 她被迫向人借錢。　同 *be compelled to*
☑ **be inclined to** 易於；傾向於	He *is inclined to* get angry. 他很容易生氣。 同 *be apt to*；*be liable to*
☑ **be obliged to** 被迫	I *was obliged to* give up this plan. 我被迫放棄這項計畫。 同 *be compelled to*；*be forced to* ＊be obliged (so much) to + *sb.* + for + *sth.* (非常)感激某人某事
☑ **be supposed to** 應該	Everybody *is supposed to* know the law. 每個人都該知道這法律。

✥ 重要試題演練 ✥

( ) 1. People who have no memory are destined to repeat their errors. (選出與題目意義不一致者。)
   (A) Destiny so declares : " Make mistakes if you wish, but forget not your previous errors."
   (B) If you bear in mind the errors you have made, you can avoid making the same ones again.
   (C) Remind yourself constantly of the errors you have made so that you may not make them again.
   (D) Try and err, then you may learn, provided, that is, you have a good memory.

( ) 2. John is a shrewd businessman. He _____ see things only in terms of profits and losses.
   (A) is inclined to   (B) was related to
   (C) is able to   (D) is used to

   3. (英譯中) I thought I was supposed to hand it in today.

   _____

( ) 4. As they are running out of food, they _____ cut down other expenses.
   (A) are obliged to   (B) are related to
   (C) are able to   (D) are devoted to

   5. (英譯中) Regarding this accident, I am not supposed to make any comments.

   _____

答 案

1.(**D**)   2.(**A**)   3. 我以為應該今天把它交出來。
4.(**A**)   5.關於這件意外，我不應該表示任何意見。

第 *3* 章

形容詞用法的成語

• 公式 *69* •

《（ be + ）in + 名詞 》
in accord 型

　　本公式的 *in* fashion（流行的），*in* print（出版），其反義
成語只須將介系詞 in 換爲 out of 即可：*out of* fashion（過時的），
out of print（絕版）。另外像 in (a) *good* humor（心情好）這
類的反義成語則代換成反義形容詞就可表達相反的意思：in (a) *bad*
humor（心情不好）。

☐ **in accord** 　**with** 與～一致	My view is *in accord with* his. 我的觀點與他一致。
☐ **in charge of** 　負責	I want an experienced engineer to be *in charge of* the project. 我希望由一位有經驗的工程師負責這項計劃。
☐ **in common** 　共同的	I have much *in common* with him. 我和他有許多共同點。
☐ **in danger** 　在危險中	He is *in danger*. 他有危險。 ＊He is dangerous. 他是個危險人物。
☐ **in fashion** 　流行的	Short skirts are *in fashion*. 短裙正在流行中。　　 反 *out of fashion* 過時的 ＊in a fashion 多少；有一點
☐ **in favor of** 　贊成	I am *in favor of* the manager's proposal. 我贊成經理的提議。　　 反 *against* 反對
☐ **in need** 　在患難中	A friend *in need* is a friend indeed. 患難見眞情。　　＊in need of 需要

☐ **in order**
整齊的

Everything is *in order*. 一切都并然有序。
囡 *out of order* 混亂；故障

☐ **in print**
出版

The book is not yet *in print*.
這本書尚未出版。　　囡 *out of print* 絕版

☐ **in question**
①正被談論的
②有疑問的

What do you think of the subject *in question*? 你對討論的主題有何看法？
Your loyalty is not *in question*.
你的忠誠不容置疑。
* out of the question 不可能的
　　without question 沒問題

☐ **in sight**
看得見

There was not a ship *in sight*.
看不見一艘船。　　囡 *out of sight* 看不見
* within sight 在看得見的地方

☐ **in time (for)**
及時

You may be *in time for* the train.
你可以及時趕上火車。
囡 *late for* 遲到　* in no time 立刻

☐ **in tune**
①一致；協調
②音調正確

His ideas are *in tune* with the times.
他的思想合乎時代潮流。
This piano is *in tune*.
這台鋼琴音調正確。
囡 *out of tune* 音調不正確；不和諧

☐ **in use**
使用中

The telephone is still *in use*.
電話仍在使用中。
囡 *out of use* 被廢棄不用

☐ **in the wrong**
錯誤

You are *in the wrong* on this point.
你的觀點錯誤。
囡 *in the right* 正確

☐ **in the way**
妨礙

If you won't help, at least don't get *in the way*. 如果你不願意幫忙，至少不要妨礙別人。
* on the way 在途中

☐ **in full swing**
正起勁

The party was *in full swing* when the police broke in.
舞會進行得正起勁時，警察突然闖了進來。

☐ **in (a) bad humor**
心情不好

He is *in (a) bad humor* today.
他今天心情不好。
反 *in (a) good humor* 心情好；愉快的

☐ **in (a) good humor**
心情好

You should keep yourself *in a good humor* every day. 你應該每天保持心情愉快。
反 *in (a) bad humor* 心情不好

☐ **in a bad temper**
心情不好

Do you know why Peter is *in a bad temper* today?
你知道比德今天爲什麼心情不好嗎？
同 *out of temper*
反 *in a good temper* 心情好

☐ **in a good temper**
心情好

Although she suffers from liver cancer, she is still *in a good temper*.
她雖然得了肝癌，但仍然保持心情愉快。
反 *in a bad temper* 心情不好

☐ **in good spirits**
心情好

He is *in good spirits* today because he's informed of his promotion.
他今天心情很好，因爲他已被通知升遷的事。
反 *in low (poor) spirits* 沮喪；心情不好
* good 可用 high, great 代替。
注意 spirit 要用複數。

❖ 重要試題演練 ❖

( ) 1. It is useless to write him a letter now. Even a telegram wouldn't reach him _____ .
  (A) at times
  (B) on time
  (C) in time
  (D) some time

( ) 2. John has a deep moral conviction that a businessman's purpose in life is to help those who are _____ need, especially those limited in their education and suffering from short-sightedness.
  (A) at
  (B) in
  (C) on
  (D) to

( ) 3. We watched them so long as they were in sight.
  (A) in need
  (B) invisible
  (C) visible
  (D) in the way

( ) 4. Machines will be able to put away letters and papers in _____ and then find the paper that is needed.
  (A) sight
  (B) common
  (C) order
  (D) use

( ) 5. 火延燒到二樓時，老人有生命的危險。
  When the fire had spread to the second floor, the old man's life was _____ danger.
  (A) on
  (B) with
  (C) into
  (D) in

( ) 6. A friend _____ need is a friend indeed.
  (A) of
  (B) for
  (C) with
  (D) in

( ) 7. Mr. Wang has mentioned that you may be _____ of a mechanic's assistant in your garage this summer.
  (A) in order
  (B) in favor
  (C) in need
  (D) in the wrong

──── 答 案 ────
1.(**C**) 2.(**B**) 3.(**C**) 4.(**C**) 5.(**D**) 6.(**D**) 7.(**C**)

公式 *70*

《 (be +) of + 名詞 》
of age 型

通常「of ＋抽象名詞」常可代換成置於名詞前的形容詞。如 *of help* = helpful, *of importance* = important。其否定形多在抽象名詞前加上 no，如 of *no* importance。若要強調，則在名詞前加上 great，如 of *great* value（很有價值的）。

☐ **of age** 成年的	He is *of age*, and he must take responsibility for his behavior. 他已成年，應該對自己的行為負責。 ＊of an age 相同年紀 (= of the same age)
☐ **of consequence** 重要的	The matter is *of* much *consequence*. 這件事非常重要。 囡 *of no consequence* 不重要的 ＊a matter of consequence 重要的事
☐ **of help** 有幫助的	I'm sorry I couldn't be *of help* to you. 我很抱歉不能幫你。　　圓 *be helpful*
☐ **of importance** 重要的	It is *of importance* to read books. 讀書是很重要的。 囡 *of no importance* 不重要的 ＊a matter of importance 重要的事
☐ **of use** 有用的	Many kinds of evidence you provide are *of use* in court. 你所提供的多項證據在法庭上很有用。 囡 *of no use* 沒有用的

☑ **of value**
有價值的；
有益處的

His advice is *of* great *value* to me.
他的勸告對我很有價值。
同 *valuable*
反 *of no value* 沒有價值的

☑ **of no account**
不重要的

It's *of no account* that you didn't win first prize in the contest.
你在比賽中沒得到第一名，並不重要。
同 *of no importance*

☑ **of no importance**
不重要的

It's *of no importance* to me who makes a decision.
誰做決定，對我來說不重要。
反 *of importance* 重要的

☑ **of no use**
沒用的

This dictionary is *of no use* to me.
這本字典對我沒有用。
反 *of use* 有用的
* It is no use V-ing ～是沒有用的
= It is of no use to-V
It is no use crying over spilt milk.
覆水難收。

☑ **of no value**
無價值的；
無益處的

Many programs on TV are *of no value* to the children.
許多電視節目，對小孩沒有任何益處。
反 *of value* 有價值的

❖ 重要試題演練 ❖

( ) 1. The police had been ＿＿＿＿ no use in helping to find his father.
   (A) of   (B) in
   (C) to   (D) for

( ) 2. The fall in oil prices is of great ＿＿＿＿ to the entire world.
   (A) consequence   (B) significant
   (C) connotation   (D) circumstance

( ) 3. It's ＿＿＿＿ arguing with him. He has determined that nothing should be changed.
   (A) not good   (B) no useful
   (C) no use   (D) an utter failure

( ) 4. Don't you think it a matter of <u>consequence</u> to choose between liberty and slavery?
   (A) momentum   (B) time
   (C) while   (D) importance

   5. (英譯中) This is of great value to me.

   _____

   6. We are of an age. = We are of ＿＿＿＿ ＿＿＿＿ age.

答案

| 1.**(A)** | 2.**(A)** | 3.**(C)** | 4.**(D)** |

5. 這對我而言很有價值。   6. *the, same*

• 公式 *71* •

《（be＋）out of＋名詞》
out of breath 型

「out of＋名詞」的反義成語通常為「in＋名詞」，如 *out of* sight（看不到）↔ *in* sight（看得見）；*out of* order（混亂）↔ *in* order（整齊）；*out of* tune（不合調）↔ *in* tune（合調）。

☑ **out of breath**
　喘不過氣的

I am almost *out of breath*.
我幾乎喘不過氣來。　　回 *breathless*

☑ **out of date**
　過時的

These words are now *out of date*.
這些詞現在已經過時了。
回 *old-fashioned*
反 *up to date* 最新的

☑ **out of sight**
　看不到

She had to keep *out of sight* to avoid people's reproach.
她必須避不見面，以逃避眾人的指責。
反 *in sight* 看得見
＊此片語亦可作副詞用：
　The plane flew *out of sight*.
　飛機飛得看不見了。

☑ **out of humor**
　不高興

She's been *out of humor* for several days. 她已好幾天悶悶不樂了。
回 *in (a) bad humor*
反 *in (a) good humor* 心情好

☑ **out of order**
　故障；混亂

This watch is *out of order* again.
這錶又壞了。

☑ **out of place**
①不適當的
②不自在的

His remarks were ***out of place***.
他的話不太得體。

I felt ***out of place*** in their company.
和他們在一起，我感覺有點不自在。
　反 *in place* 適當的；在正確的位置

☑ **out of print**
絕版

That book has been ***out of print***.
那本書已絕版了。
　反 *in print* 出版

☑ **out of tune**
走調；不協調

His thoughts are quite ***out of tune*** with the times. 他的想法不符合時代的潮流。

The piano was ***out of tune*** with the orchestra. 鋼琴與管絃樂團的調子不合。
　反 *in tune* 音調正確；和諧

☑ **out of use**
被廢棄不用

The expression has long been ***out of use***. 這詞語早就不被使用了。
　反 *in use* 使用中

☑ **out of work**
失業

He is ***out of work***. 他失業了。
　同 *unemployed*；*jobless*

☑ **out of the question**
不可能

A trip to Tainan will be ***out of the question*** this summer.
今夏的台南之旅將無法成行。
　同 *impossible*

☑ **out of one's senses**
發瘋

He must be ***out of his senses*** to act that way. 他做出那種舉動一定是發瘋了。
　同 *insane*

❖ 重要試題演練 ❖

(　　) 1. Ben　: Hi! You're in trouble, aren't you?
　　　 Tom　: (A) Yes, my car is out of order.
　　　　　　 (B) I am going swimming.
　　　　　　 (C) I like the coat you are wearing.
　　　　　　 (D) Thank you, my health has been fine lately.

(　　) 2. I have so much work to do that a holiday for me this
　　　 year is <u>out of the question</u>. (選出錯誤的解釋)
　　　 (A) beyond question
　　　 (B) beyond consideration
　　　 (C) impossible
　　　 (D) most unlikely

(　　) 3. Peter: These documents contain our country's top
　　　　　　　 military secrets.
　　　 John　: Don't worry. I don't intend to let them out of
　　　　　　　 my sight.
　　　 John ＿＿＿＿＿＿＿＿ . (選出和題目原意離譜的答案)
　　　 (A) is well aware of his responsibility.
　　　 (B) agrees to keep close watch over the documents.
　　　 (C) cannot see anything.
　　　 (D) is duly concerned with the safe-keeping of the papers.

(　　) 4. His remarks are out of ＿＿＿＿＿ .
　　　 (A) place　　　　　　　 (B) placid
　　　 (C) pace　　　　　　　 (D) plage

答 案

1.(**A**)　　　2.(**A**)　　　3.(**C**)　　　4.(**A**)

● 公式 *72* ●

《（ be + ）其他介系詞 + 名詞 》
on duty 型

☐ **on duty**
值班；上班時

Don't smoke while *on duty*.
上班時不要吸煙。　反 *off duty* 不值班

☐ **on sale**
拍賣

Winter wear is *on sale*.
冬裝在大拍賣。　＊for sale 出售

☐ **on the air**
廣播

The President will be *on the air* at five o'clock. 總統將在五點鐘廣播。
＊in the air （謠言）流傳的；（計畫）未確定的

☐ **on the**
decrease
在減少中

The demand for rice is *on the decrease*.
米的需求量正逐漸減少。

☐ **on the**
increase
在增加中

The number of cars is *on the increase*.
車輛的數目正在增加中。
反 *on the decrease* 在減少中

☐ **on bad**
terms with
與～不合

He is *on bad terms with* Mary.
他和瑪麗處得不好。
反 *on good terms with* 與～交情不錯

☐ **on good**
terms with
與～交情不錯

He is *on good terms with* John.
他和約翰交情不錯。
反 *on bad terms with* 與～不合

☐ **on the tip of**
one's tongue
即將說出

Her name is *on the tip of my tongue*.
我就要說出她的名字，卻一時想不起來。

☑ **at issue**
爭論中的；
不一致的

They were *at issue* as to who should be in charge of the project.
關於誰該負責這項計劃的問題，他們意見不合。
圓 *in dispute*

☑ **at a loss**
茫然

I was *at a loss* what to do.
我茫然不知所措。

☑ **at one's disposal**
由某人支配

I'm entirely *at your disposal*.
我完全聽候你的吩咐。

☑ **at one's wits' end** 不知所措

I was *at my wits' end* what to answer.
我不知道要回答什麼。
＊at one's wits' end 亦可寫作 at one's wit's end。

☑ **to the point**
中肯；扼要

Your review on the book is constructive and *to the point*.
你對這本書的評論非常具有建設性，也很中肯。

☑ **to one's liking**
投某人所好

The shoes are *to my liking*.
這雙鞋正合我意。　圓 *to one's taste*

☑ **to one's taste**
合乎某人的喜好

The government's policy is not *to everyone's taste*.
政府的政策不能讓所有人滿意。

☑ **ahead of the times**
超越時代

He is always *ahead of the times*.
他總是走在時代尖端。
＊ahead of time 比預定時間早

☑ **behind the times**
趕不上時代

Your way of thinking is *behind the times*. 你的思考方式落伍了。
＊behind time 遲到

☐ **beside oneself (with)**
(～得)發狂；
忘形

She was *beside herself with* joy.
她高興得發狂。
* beside oneself with rage 氣得發狂

☐ **beside the mark** 不切題

Your answer is quite *beside the mark*.
你的回答太離譜了。　同 *wide of the mark*

☐ **beyond description**
無法形容

Their miserable state is *beyond description*. 他們悲慘的狀況無法形容。

☐ **beyond one's power**
超出某人能力範圍

It's *beyond my power* to clear up the mess he left.
我無法處理他留下的爛攤子。
同 *out of one's power*
反 *in (within) one's power*
在某人能力範圍內

☐ **for sale**
出售

This car is *for sale*. 這輛車要出售。
* put ～ up for sale 拿～出來賣
 on sale 大拍賣

☐ **off duty**
不值班

He is *off duty* today.
他今天不值班。　反 *on duty* 值班

☐ **under way**
進行中

This plan is *under way*.
這計畫正在進行中。
* *under way* 也可指「(船)在航行中」。

☐ **up to date**
最新的

The information is *up to date*.
這消息是最新的。
反 *out of date* 過時的

◈ 重要試題演練 ◈

(　) 1. He asked us to be brief and <u>relevant</u> as he had little time to spare.
(A) to the point
(B) on the air
(C) at issue
(D) at a loss

(　) 2. This reference book, though published ten years ago, is still _____ .
(A) up to date
(B) out of date
(C) dated
(D) to date

(　) 3. The country cottage has been up _____ sale for years. But because of its location, there is some difficulty finding a buyer.
(A) to
(B) for
(C) on
(D) of

(　) 4. 你的話離題了。
(A) Better stick to the rules.
(B) Confine your talk to the subject.
(C) Your talk is beside the point.
(D) Don't say the matter is beyond you.

(　) 5. The fund-raising drive for charity is now _____ .
(A) on the way
(B) in the way
(C) under way
(D) making way

(　) 6. 他不知該如何解決此問題。
He is _____ a loss how to solve this problem.
(A) in
(B) at
(C) on
(D) to

───── 答案 ─────
1.(**A**)　　2.(**A**)　　3.(**B**)　　4.(**C**)　　5.(**C**)　　6.(**B**)

公式 73

《 形容詞片語 》
a good deal of 型

本公式中的 a good deal of 和 a great deal of 是表量或程度的形容詞片語，因此後面只可接不可數名詞。

□ **a good deal of** 許多的	I lost **a good deal of** money. 我丟了許多錢。 圓 *a great deal of*
□ **a great deal of** 許多的	He spent **a great deal of** time. 他花了許多時間。 *a good (great) deal of 修飾不可數名詞。 a large (great) number of 修飾可數名詞。
□ **a good many** 相當多的	I bought **a good many** books. 我買了相當多的書。 圓 *a great many* ; *a large number of* *a great(good) many 後面若只是接複數名詞時，不可加 of ；如果後面接代名詞或所有格形容詞時，則需加 of ，如： *A great many of* my friends study at graduate school. 我有許多朋友唸研究所。
□ **a number of** 一些；許多	There are **a number of** problems. 有一些(許多)問題。 *a great (large) number of 許多的 a small number of 少數的 a number of + 複數名詞用複數動詞 *the number of + 複數名詞用單數動詞

☑ **hundreds of**
數以百計的

Hundreds of people were killed in the accident. 數以百計的人死於這次意外。

＊前有數詞或表示數目的形容詞時，hundred 不加 s，如 two hundred people。

☑ **thousands of**
數千的；無數的

We have *thousands of* things to do.
我們有無數件事要做。

＊tens of thousands of people
　數以萬計的人
　hundreds of thousands of people
　數十萬人
　millions of people　數以百萬計的人

☑ **not a few**
不少；相當多

Not a few people were present at the party. 不少人出席聚會。

同 *many*；*a lot of*；*quite a few*

☑ **quite a few**
相當多的

She has *quite a few* boyfriends.
她有相當多的男朋友。

＊only a few 只有少數；只有幾個
＊not a few 和 quite a few 修飾可數名詞。若為不可數名詞，可用 not a little 和 quite a little，如：
He made *not a little* contribution to the prosperity of our city.
他對我們城市的繁榮，有著極大的貢獻。

⊕ 重要試題演練 ⊕

( ) 1. Do you usually get _____ warning when a volcano is going to erupt, or is it possible for the things just to blow up suddenly?
    (A) a great deal   (B) a good deal
    (C) lot of   (D) a good deal of

( ) 2. He told a good _____ funny stories.
    (A) much   (B) many
    (C) deal   (D) more

( ) 3. John has saved _____ money.
    (A) a lot of   (B) a great deal
    (C) a great many   (D) lot of

( ) 4. A _____ of people nowadays might define a holiday as " traveling to another part of the country or of the world for a week or two once or twice a year. "
    (A) crowd   (B) number
    (C) mass   (D) amount

( ) 5. Mary has a great _____ watches.
    (A) much   (B) more
    (C) many   (D) deal

( ) 6. There are _____ theaters in this city.
    (A) not a few   (B) not a little
    (C) a great deal of   (D) a good many of

答 案

1. **(D)**   2. **(B)**   3. **(A)**   4. **(B)**   5. **(C)**   6. **(A)**

第 *4* 章

其他用法的成語

● 公式 *74* ●

《 介系詞用法的片語 (1) 》
in accordance with 型

本公式中除了 by *means* of 和 in *terms* of 的名詞爲複數外，
其他的名詞都是單數形，且不須加冠詞。

☐ **in accordance**
with 根據；依照

Everything has been done *in accordance with* the rules.
每件事都依照規定做了。
回 *according to*

☐ **in addition to**
除了～之外

In addition to his failure in business, he lost his wife.
除了事業失敗之外，他還失去了妻子。

☐ **in case of**
如果；萬一

You must give this alarm *in case of* emergency. 緊急時，你必須發出這個警報。
回 *in the event of*
＊in case of ＋ (動)名詞；in case ＋ 子句。

☐ **in expectation**
of 期待著

The dog wagged its tail *in expectation of* being patted.
這隻狗搖著尾巴期待人家拍牠。

☐ **in place of**
代替

He attended the ceremony *in place of* his father. 他代替父親參加典禮。
回 *instead of*

☑ **in quest of**
爲了尋求

He left home *in quest of* adventure.
他爲了尋求冒險而離家。

☐ **in return for**
報答

Mary presented a book to Tom *in return for* his service.
瑪麗送一本書給湯姆，以答謝他的幫忙。
∗ in return 以爲報答

☐ **in regard to**
關於

There was no disagreement *in regard to* his being guilty.
關於他的罪行，沒有任何異議。
圓 *about* ; *regarding* ; *with regard to*

☐ **in respect to (of)**
關於

Mary and Tom were different in opinion *in respect to* their son's education.
瑪麗和湯姆對於他們兒子的教育有不同的意見。
圓 *as to* ; *about* ; *respecting*

☐ **in spite of**
儘管

In spite of bad weather, the ship will set sail. 儘管天氣不好，這艘船仍然出航。
圓 *despite* ; *notwithstanding*

☐ **in store for**
替～準備著

Even the fortune-teller didn't know what fate would be *in store for* her.
連算命的人都不知道她的命運會如何。

☐ **for fear of**
以免；惟恐

I didn't go out *for fear of* catching cold.
惟恐感冒，所以我沒有出去。
∗ = ...*so as* not *to* catch cold.
= ....*so that* I would not catch cold.

☐ **for want of**
因爲缺乏

I'm using this *for want of* a better one.
因爲沒有更好的，我就用這個。

☐ **by dint of**
憑藉；由於

He is doing good business *by dint of* hard work. 他因爲努力工作所以生意興隆。
圓 *by means of*

☐ **by virtue of**
由於

By virtue of your assistance, I finished my paper in time.
由於你的協助，我才得以及時完成報告。

☐ **by way of**
經由

They went to London *by way of* New York. 他們經由紐約到倫敦。
同 *via*

☐ **on account of** 由於

The train was delayed *on account of* the heavy snow.
這班火車由於大雪而誤點。

☐ **on behalf of**
代表

The lawyer spoke convincingly *on behalf of* his client.
那律師代表他當事人所說的話十分具有說服力。
＊in behalf of 為了～

☐ **with regard to** 關於

Do you have anything to say *with regard to* this matter?
關於這件事，你有任何意見嗎？
同 *about* ; *in regard to* ; *in respect to*

☐ **by means of**
藉著

He made his fortune *by means of* smuggling. 他靠走私致富。

☐ **in terms of**
以～觀點

He thinks of everything *in terms of* money. 他以金錢的角度來衡量每件事。

✦ 重要試題演練 ✦

( ) 1. Third, there is the New York of the person who was born somewhere else and came to New York _____ something.
    (A) in debt to   (B) in quest of
    (C) in regard to   (D) by way of

( ) 2. Jack went to school in spite of the cold weather.
    (A) It being cold, Jack did not go to school.
    (B) Jack went to school because the weather was cold.
    (C) Although the weather was cold, Jack still went to school.
    (D) Jack went to school because of the cold weather.

( ) 3. Money is best defined _____ the purposes it is used for.
    (A) in terms of   (B) in case of
    (C) in spite of   (D) in quest of

    4. In _____ _____ the wishes of the groups pressing for the official use of African languages, few African leaders have gone along with the trend.

( ) 5. _____ , he pays the agency for their services.
    (A) In quest   (B) In place
    (C) In turn   (D) In return

( ) 6. _____ case of rain they can't go.
    (A) In   (B) If   (C) At   (D) As

答 案

1.(**B**)   2.(**C**)   3.(**A**)   4.*spite, of*   5.(**D**)   6.(**A**)

公式 75

《 介系詞用法的片語（2）》
*as a result of*型

☐ **as a result of** 由於	*As a result of* his father's sickness, he left school. 由於父親生病，他輟學了。
☐ **at the cost of** 以～爲代價	She saved his life *at the cost of* her own. 她犧牲自己的生命救了他。 回 *at the sacrifice* (*price*) *of*
☐ **at the expense of** 以～爲代價	He worked hard *at the expense of* his health. 他犧牲健康努力工作。 回 *at the cost of*
☐ **at the mercy of** 任由～擺佈	She is *at the mercy of* fate and doesn't take the initiative. 她任由命運擺佈，而不採取主動。 回 *in the power of*
☐ **at the risk of** 冒～的危險	It is foolish to fight *at the risk of* your life. 你冒著生命的危險打架眞笨。
☐ **at the sight of** 一看見～就	He ran away *at the sight of* a policeman. 他一看見警察就跑掉了。 ＊fall in love at first sight 一見鍾情
☐ **for the life of sb.** 無論如何也	I can't understand it *for the life of me*. 我無論如何也弄不懂這件事。 ＊通常用於否定句中。

☑ **for the sake of** 為了

He had to work *for the sake of* his family. 為了家庭，他必須工作。
*for the sake of his family
  = for his family's sake
同 *for the benefit of*

☑ **in the face of** 面臨

He kept cool *in the face of* danger.
他面臨危險時仍保持冷靜。

☑ **in the interest(s) of** 為了～的利益

He worked from morning till night *in the interests of* the firm.
他為了公司的利益，從早工作到晚。

☑ **in the light of** 從～觀點

In the light of what he did, he deserves to be punished.
從他所做所為看來，他應該受罰。
同 *considering*

☑ **on the part of** 在～方面

There was no objection *on the part of* the women.
婦女方面沒有異議。
*on the part of sb. = on one's part

☑ **on one's(the) way to** 在～途中

I saw her *on my way to* school.
我在上學途中看見她。
He is *on the way to* success.
他正邁向成功之路。
*on one's way home 在某人回家途中

❖ 重要試題演練 ❖

( ) 1. Over two hundred years ago, men discovered a method of raising water from one level to another _____ the vacuum pump.
   (A) is case of   (B) on its way
   (C) by means of   (D) in spite of

( ) 2. The captain received the cup _____ our team.
   (A) on place of   (B) on behalf of
   (C) on side of   (D) on part of

( ) 3. Not only are these two habits harmful to health, but seldom do they pay off _____ effective learning.
   (A) in case of   (B) in terms of
   (C) in place of   (D) in quest of

( ) 4. I believe he'll help you _____ your old friendship.
   (A) for the sake of   (B) at the cost of
   (C) at the risk of   (D) in the fact of

( ) 5. Notwithstanding his illness, he attended the meeting.
   = _____ his illness, he attended the meeting.
   (A) In place of   (B) In case of
   (C) In spite of   (D) In quest of

( ) 6. _____ all the newspaper and television attention, the problem of child abuse has become well-known.
   (A) As a result of   (B) Apart from
   (C) In addition to   (D) Regardless of

答 案

| 1.**(C)** | 2.**(B)** | 3.**(B)** | 4.**(A)** | 5.**(C)** | 6.**(A)** |

• 公式 *76* •

《 介系詞用法的片語（3 ）》
according to 型

☐ **according to**
依照

The actors are moving *according to* the director's instructions.
演員們正依照導演的指示走位。

☐ **apart from**
除了～之外

Apart from her beauty; she was intelligent and helpful.
除了美貌外，她還很聰明，而且樂於助人。
回 *besides* ; *aside from* ; *in addition to*

☐ **as regards**
關於

This doesn't hold true *as regards* his case. 這無法適用於他的情況。
回 *concerning* ; *about*

☐ **as to**
至於

We have no doubts *as to* your ability.
對於你的能力，我們毫不懷疑。

☐ **but for**
①若非 (與現在事
實相反的假設)

But for the telephone, our daily life would be inconvenient.
如果沒有電話，我們的日常生活會很不方便。
＊but for 可用 without 代替。

②若非 (與過去事
實相反的假設)

But for the Second World War, my older brother would not have been killed.
當初若非第二次世界大戰，我哥哥就不會死。
＊① = If it were not for the telephone....
② = If it had not been for the Second World War....

☐ **except for**
除了～之外

The party was a great success *except for* her absence.
除了她不在之外，這場舞會非常成功。
* 「except for + 名詞片語」可用
  「except that + 子句」代替。

☐ **for all**
儘管

For all his wealth, he is not happy.
儘管他很富有，但他並不快樂。　圓 *in spite of*
* for all I know 就我所知

☐ **far from**
一點也不；
絕不會

The work is *far from* easy.
這工作一點也不容易。
Far from reading his letter, she didn't open it. 她根本沒讀他的信，連信都沒拆。
* from 之後可接(代)名詞、動名詞或形容詞。

☐ **like so many**
像～一樣地；
同數的

They worked *like so many* bees.
他們像蜜蜂一樣地辛勤工作。

☐ **such as**
像；如

This store sells foodstuffs, *such as* butter, cheese and sugar.
這家商店賣像奶油、乳酪和糖這類的食品。
* for example 例如

☐ **with all**
儘管

With all his efforts he failed in the examination.
儘管他很用功，但考試還是不及格。
圓 *in spite of*; *for all*

✵ 重要試題演練 ✵

(　) 1. They thought new plants such _____ onions, turnips, sugarcane and bananas would do well in the warm, tropical climate.

   (A) by　 (B) as　 (C) to　 (D) with

(　) 2. _____ regards money, I have enough.

   (A) About　 (B) As　 (C) Such　 (D) In

  3. (英譯中) He's far from happy.

  _____

(　) 4. I don't know anything _____ to the others.

   (A) so　 (B) as　 (C) such　 (D) even

(　) 5. But for your help, I should have failed.

   (A) 就是因為你的幫助，所以我才應該失敗。

   (B) 要不是你的幫助，我就會失敗。

   (C) 要是你幫助我，我就失敗了。

   (D) 但是因為你的幫助，我才失敗。

   (E) 但求你的幫助，以免我將失敗。

(　) 6. _____ all her merits, she was not proud.

   (A) Although　 (B) Since

   (C) With　 (D) Because

(　) 7. 不論別人怎樣說，你該依照計劃行事。

  Whatever others may say, you should act _____ the plan.

   (A) apart from　 (B) as to

   (C) far from　 (D) according to

(　) 8. _____ the last section, the annual report is all but finished.
　　(A) For all　　　　　(B) Nothing but
　　(C) Instead of　　　 (D) Except for

(　) 9. _____ your faults, I still like you because you are so faithful and pure.
　　(A) Although　　　　(B) Go on
　　(C) For all　　　　　(D) After all

(　) 10. _____ a teacher in Liberia, the African language should be used instead of the European language.
　　(A) Because of　　　 (B) Except for
　　(C) According to　　　(D) As to

(　) 11. Jane : Have you finished your paper yet?
　　　　Bill : Oh, yes. It's _____ _____ being satisfactory, though.
　　(A) as to　　　　　　(B) apart from
　　(C) far from　　　　 (D) but for

─── 答　案 ───

1.(B)	2.(B)	3. 他一點也不快樂。	4.(B)	5.(B)
6.(C)	7.(D)	8.(D)　9.(C)	10.(C)	11.(C)

•公式 77 •

《 as~as 》
as far as 型

☐ **as far as** ①遠至 ②就~的限度	We traveled together *as far as* London. 我們一起旅行遠至倫敦。 I'll help you *as far as* I can. 我將盡我所能幫助你。
☐ **as good as** 實際上等於	She was *as good as* dumb. 她實際上和啞巴一樣。　　同 *nearly*
☐ **as long as** 只要	*As long as* I'm free, I'll go to see you. 只要我有空,就會去看你。
☐ **as soon as** 一~就	*As soon as* he got home, he began to study. 他一回到家,就開始用功。
☐ **A as well as B** 不但B而且A	Hiking is good exercise *as well as* fun. 健行不但是一項很好的運動,而且很有趣。 同 *not only B but also A*
☐ **as good as** **one's word** 守約;信守諾言	He is a man *as good as his word.* 他是個守信的人。
☐ **half as** **many as** ~的一半	There are only *half as many* flowers in this vase *as* in that one. 這個花瓶中的花只有那花瓶的一半。
☐ **…times as** **many as~** ~的…倍	I have three *times as many* ties *as* you. 我的領帶的數量,是你的三倍。 ＊twice as many as　~的兩倍 ＊不可數名詞的倍數：…times as *much* as~。

⊕ 重要試題演練 ⊕

( ) 1. I would like to try, _____ you give me a free hand.
    (A) as far as   (B) as long as
    (C) as soon as   (D) as good as

( ) 2. <u>As far as we know</u>, there is no such thing as a desert island that can be found in existence, as far as our wish to find a haven from our conscience is concerned.
    (A) As long as we know
    (B) As well as we understand
    (C) To the best of our knowledge
    (D) As soon as we believe

( ) 3. 我的書是你的兩倍。
    (A) My books are as twice many as yours.
    (B) My books are as many twice as yours.
    (C) My books are as many as twice as yours.
    (D) My books are twice as many as yours.
    (E) My books are as many as yours twice.

    4. (英譯中) No work is low as long as it is honest.

_____

答 案
1.(**B**)   2.(**C**)   3.(**D**)
4. 工作只要正當，沒有貴賤之分。

• 公式 *78* •

《 連接詞用法的片語 》
according as 型

☐ **according as**
隨著;依據

According as you grow old, your income will increase. 隨著年紀增大,你的收入會增加。
* according as 爲連接詞片語,後面接子句。
  according to 爲介系詞片語,後面接名詞。

☐ **as if**
好像

My uncle walks briskly *as if* he were a young man.
我伯父走起路來很輕快,就好像是個年輕人。

☐ **as though**
好像

She talks *as though* she knew all about it. 她說起話來就好像她知道全部關於它的事。
同 *as if*

☐ **even if**
①即使 (假設法)

Even if he were wrong, you should not blame him like that.
即使他錯了,你也不該那樣責備他。

②即使 (直述法)

You must do it *even if* you don't want to. 即使你不想做,也必須做。

☐ **even though**
即使

Even though he is poor, she loves him.
即使他很窮,她還是愛他。   同 *even if*

☐ **every time**
每次

Every time he goes to Taichung, he stays at the hotel. 他每次去台中,都住在那家旅館。

☐ **except that**
除~之外

She knows nothing about him *except that* he comes from Tainan.
除了他來自台南外,她對他一無所知。

☑ **for fear (that)**
惟恐；以防

Watch your step *for fear* you may fall.
小心你的腳步，以防跌倒。
＊也可寫成 ....for fear you *should* fall。

☑ **inasmuch as**
因為

Inasmuch as you are weak, you must not overwork yourself.
因為你身體弱，所以不可工作過度。
同 *because*；*since*；*seeing that*

☑ **in case**
①假如
②以防萬一

Please ring the bell *in case* you want me.
假如你需要我，請按鈴。

Take an umbrella with you *in case* it rains. 隨身帶把傘以防萬一下雨。
＊也可以寫成....in case it *should* rain。

☑ **in order that**
為了

He studies English *in order that* he may(can) be an interpreter.
他讀英文是為了能夠成為口譯家。
同 *in order to*；*so as to*；*so that*

☑ **no matter what**
無論什麼

No matter what he says, I am going.
無論他說什麼，我都要去。 同 *whatever*
＊例句中的 say 也可寫成 may say。

☑ **now that**
既然

Now that you are a high school student, you should not do such a thing.
既然你是高中生，就不應該做這種事。 同 *since*

☑ **or (else)**
否則；要不然就

Hurry up, *or (else)* you will be late.
快點，否則你會遲到。

☑ **provided (that)**
假如

I will go *provided (that)* it is fine.
假如天氣好，我就去。
同 *providing (that)*；*if*

☑ **seeing (that)**
因為

***Seeing** (**that**)* he is a murderer he deserves to be executed.
因為他是兇手，他理所當然應被處死。
圓 *considering*

☑ **so far as**
就～的限度

She isn't dead *so far as* I know.
就我所知，她沒死。
圓 *as far as*

☑ **so that**
①為了；以便

She ran fast *so that* she might catch the train. 她跑得很快以便能趕上火車。
＊此種用法的 so that 所引導的子句中，常用助動詞 may(might)，can(could)，有時亦用 will (would)。

②因而；所以

I took no notice of her, *so that* she flew into a rage.
我沒有理她，所以她大發雷霆。
＊so that 之前一定要有逗點。

☑ **the instant**
一～就

The instant she saw the dog, she began to cry. 她一見到狗，就開始哭。
圓 *as soon as*

☑ **the moment**
一～就

The moment he heard her voice, he hastened to the spot.
他一聽到她的聲音，就急忙趕到現場。
圓 *as soon as*
＊= He had *no sooner* heard her voice *than* he hastened to the spot.
　= He had *hardly* heard her voice *when* he hastened to the spot.

✥ 重要試題演練 ✥

(   ) 1. This university as well as others _____ liberal spirit.
     (A) have   (B) are   (C) has   (D) is

     2. And that might even be work, _____ long _____ it is not the same kind of work that one does the rest of the time.

(   ) 3. The rain is over. You must not stay any longer.
     You must not stay longer _____ the rain is over.
     (A) when   (B) that
     (C) now that   (D) as for

(   ) 4. _____ they saw me, they stopped talking.
     (A) The moment   (B) For a while
     (C) At last   (D) As a result

(   ) 5. _____ I know, he is always an honest man.
     (A) As well as   (B) As soon as   (C) As long as
     (D) As far as   (E) Regard as

(   ) 6. As soon as I _____ my meal, I left the restaurant.
     (A) finish   (B) will finish
     (C) finished   (D) had finished

(   ) 7. The most attractive yet dangerous aspect of the credit system is that you can buy things _____ , at the moment, you haven't the money.
     (A) in case   (B) even if   (C) every time   (D) as if

(   ) 8. Greater production per person _____ the use of machines makes it possible for workers to receive higher wages.
     (A) not until   (B) rather than
     (C) except for   (D) as well as

(　) 9. 老師和學生們一樣地生了病。
(A) The teacher as well as the students are ill.
(B) The teacher as well as the students is ill.
(C) The teacher as good as the student is ill.
(D) The teacher as good as the student are ill.

10. We must work hard as long _____ we live.

11. (英譯中) As far as traffic safety is concerned, most drivers in Taipei should be re-educated.

_____

12. (英譯中) Get in touch with me as soon as you arrive here.

_____

(　) 13. It looked _____ we had a chance of getting the few fine days that were essential if our attack on the summit was to have any hope of success.
(A) as though　(B) as　(C) that　(D) like

(　) 14. I don't understand why _____ Mom said the soup was hot, you would insist that it was cold.
(A) every time　　　(B) as soon as
(C) the moment　　　(D) so far as

─────────── 答 案 ───────────

1.(**C**)　　2.*as , as*　　3.(**C**)　　4.(**A**)　　5.(**D**)
6.(**C**)　　7.(**B**)　　8.(**D**)　　9.(**B**)　　10.*as*
11. 就交通安全而言，台北的駕駛員大部分應該再教育。
12. 你一到這裡，馬上跟我連絡。　　13.(**A**)　　14.(**A**)

公式 *79*

《 相關連接詞 》
as ~ as possible 型

☐ **as ~ as possible** 儘可能	Please come back *as* soon *as possible*. 請儘快回來。　回 *as ~ as one can*
☐ **as ~ as one can** 儘可能	I ran *as* fast *as I could*. 我儘可能跑快。　回 *as ~ as possible*
☐ **as …, so ~** ~就像…一樣	*As* you sow, *so* will you reap. 要怎麼收穫，就要怎麼栽。 ＊若要加強本句的語氣，可在 as 之前加 just 。此種句子的中文譯法，最好先譯 so 後的句子。 so 後面的主要子句可以倒裝，即是把助動詞或動詞放在主詞前。
☐ **both … and ~** 既…又~	The book is *both* interesting *and* instructive. 這本書既有趣又有教育性。 反 *neither … nor ~* 既不…，也不~
☐ **either … or ~** 不是…就是~	*Either* Tom *or* his brothers are wrong. 不是湯姆錯，就是他的兄弟錯。 ＊either A or B 當句子的主詞時，動詞和 B 一致。 *Either* you *or* I *am* wrong. 不是你就是我錯。
☐ **lest …should ~** 以免~	She got up early *lest* she *should* be late for school. 她起得早以免遲到。 回 *for fear … should ~*

☐ **might as well ... as ~**
與其～還不如…

You *might as well* throw your money away *as* spend it on gambling.
與其花錢賭博，還不如把它丟掉。

☐ **neither ... nor ~**
既不…也不～

He is *neither* an Englishman *nor* an American. 他既不是英國人，也不是美國人。
* neither … nor ～ 是 either … or ～ 的否定。
neither A nor B 當句子的主詞時，動詞也和 B 一致。

☐ **never ~ without V-ing**
每次～就

It *never* rains *without pouring*.
〔諺〕一下雨就是傾盆而降；禍不單行。
* = It never rains but it pours.

☐ **not ... but ~**
不是…而是～

She is *not* a pianist *but* an organist.
她不是鋼琴家而是風琴手。

☐ **no more ... than ~**
與～一樣不…

I am *no more* a thief *than* you are.
我和你一樣都不是小偷。
* = I am *not* a thief *any more than* you are.

☐ **not ... until ~**
直到～才…

We do *not* know the value of health *until* we lose it.
直到失去健康，我們才知道它的價值。

☐ **not only A but also B**
不但 A 而且 B

Not only you *but also* he likes this novel. 不只是你，他也很喜歡這部小說。
* 如果連接二個主詞時，重點在第二個主詞，故動詞要和後面的主詞一致。
* = He *as well as* you likes this novel.
用 as well as 連接二個主詞時，重點放在前面，故動詞要和前面的主詞一致。

☐ **not that … but that ~**
不是…而是~

Not that I hate you *but that* I have no time.
不是我討厭你，而是我沒有時間。

☐ **not so much … as ~**
與其說是…
不如說是~

She is *not so much* a girl *as* a woman.
與其說她是女孩子，不如說是女人。
* = She is a woman *rather than* a girl.
* not so much as ~　甚至不(沒有)
He can *not so much as* remember his own name. 他甚至記不得自己的名字。

☐ **… one thing, ~ another**
…是一回事，
~是另一回事

To say is *one thing*, to do is *another*.
說是一回事，做又是另一回事。
* = To say and to do are two different things.

☐ **so … as to ~**
如此…以致於~

He was *so* fortunate *as to* pass the examination. 他很幸運地通過了考試。
* = He was fortunate *enough to* pass the examination.
* so as to V　爲了做
She got up early *so as to* catch the first train.
她早起是爲了搭第一班火車。

☐ **so … that ~**
①如此…以致於~

I was *so* hungry *that* I could not sleep.
我餓得睡不著。
* = I was *too* hungry *to* sleep.
* 在口語中，或者是 so 之後的字群不太長時，that 可以省略。

②爲了~；以便~

The bridge is *so* made *that* it opens in the middle. 這座橋這麼建是爲了在中央開路。

☐ **some … others**
有些…，有些~

Some are wise, and *others* foolish.
有些人聰明，有些人愚笨。

☐ **such … as ~**
像 ~ 的 …

Such poets *as* Keats and Shelley are rare. 像濟慈和雪萊這樣的詩人並不多見。
* = Poets such as Keats and Shelley are rare.

☐ **such … that ~**
如此 … 以致於 ~

She spoke with *such* eloquence *that* she moved the audience to tears.
她的口才很好，以致於聽眾感動得落淚。

☐ **too … to ~**
太 … 而不 ~

This problem is *too* difficult *to* solve.
這問題太難而無法解決。
* = This problem is so difficult *that* I *cannot* solve it. 注意句尾的 it 不可省略。

☐ **the same …**
as ~
和 ~ 同樣的 …

This is *the same* watch *as* the one I lost. 這只手錶和我遺失的那只一樣。
* the same … as ~　同樣的(種類或程度的相同)
the same … that ~　同一個(同一人或同一事物)

☐ **the + 比較級 …,**
the + 比較級 ~
愈 … ，愈 ~

The more one has, *the more* one wants.
人有的愈多，就要的愈多。
The more you know, *the more* you will realize how little you know.
你知道的愈多，愈能體認自己知道的有限。
* *The more, the merrier.* 多多益善。

☐ **whether … or**
not ①是否 …

I don't know *whether* he comes (*or not*).
我不知道他是否要來。
* whether … or not 引導名詞子句時，or not 可以省略。if 和 whether 常通用，但句中有 or not 時，不得用 if；whether 子句作主詞且置於句首時，也不可以 if 代之。

②不論是否 …

You must do it, *whether* you like it *or not*. 不論你是否喜歡，你都必須做。

☑ would rather …
   than ~
   寧願…也不願~

I *would rather* die *than* take part in such a plot.
我寧願死也不願參與這樣的陰謀。
* = I *prefer to* die *rather than* take part in such a plot.

☑ the last ~
   but one
   倒數第二~

Let's begin at *the last* line *but one*.
讓我們從倒數第二行開始。
* the last ~ but two　倒數第三
  倒數第四以後就不能用這樣的說法：
  the fourth ~ from the tail　倒數第四

☑ hardly … when
   (before) ~
   一…就~

He had *hardly* started *when* it began to rain. 他一出發就開始下雨。
* hardly 置於句首時，主詞和助動詞須倒裝，
  即 *Hardly had he* started…。

☑ scarcely …
   when ~
   一…就~

She had *scarcely* seen me *when* she began to cry. 她一看到我就開始哭。
* = *Scarcely had* she seen me….
  = She had scarcely seen me *before*….
  = *As soon as* she saw me, she began to cry.
* 使用此片語時，通常主要子句用過去完成式，從屬子句用過去式，若是使用 as soon as，則主要子句和從屬子句均用過去式。

❖ 重要試題演練 ❖

( ) 1. After several visits, _____ .
   (A) he not only liked the girl but the family too
   (B) he not only liked the girl, and liked the family too
   (C) he liked not only the girl but the family too
   (D) not only the girl, and the family liked him too

( ) 2. Please read this book _____ soon _____ you can.
   (A) as , as   (B) not , as
   (C) from , with   (D) to , to

3. 我儘量用功讀書，使父母高興。
   I study as hard as I _____ to please my parents.

4. As soon _____ possible they are given solid foods such as concentrates, hay or grass.

( ) 5. _____ the United States is judged on political, economic, or military criteria, it is evident that it has lost its number one status.
   (A) Whether   (B) That
   (C) Because   (D) Since

( ) 6. Attention is not the same thing _____ concentration.
   (A) as   (B) to   (C) so   (D) that

( ) 7. The concert will _____ commence until the conductor arrives.
   (A) quickly   (B) but   (C) soon   (D) not

( ) 8. The number of elephants in Africa today is not the same _____ that ten years ago.
   (A) as   (B) to   (C) so   (D) that

( ) 9. What they saw made them pick up things and run back to the car as quickly as _____ .

    (A) can   (B) possible   (C) may   (D) possibly

( ) 10. _____ communications improve in the future, _____ the need for transportation will decrease.

    (A) As, so   (B) As, as   (C) By, so   (D) With, to

( ) 11. A man's worth lies not so much in what he has as in what he is.

    (A) 一個人的價值在於他的財物，不在於他的人格。

    (B) 一個人所擁有的是他的價值而不是他的人格。

    (C) 人的財物往往並不像他渴望擁有的那麼多。

    (D) 人的價值與其說在於他的所有，不如說在於他的為人。

    (E) 人的所作所為帶給他的財物並不很多。

( ) 12. I am never too busy to have a chat with my friends.

    (A) 我太忙沒時間交朋友。

    (B) 我太忙沒時間和朋友聊天。

    (C) 我太忙沒時間和朋友下棋。

    (D) 我從不致於忙到沒時間和朋友聊天。

    (E) 我忙得連看朋友的時間都沒有。

( ) 13. The tea is too hot _____ .

    (A) drink   (B) drank

    (C) to drink   (D) drinking

( ) 14. It's too late _____ there.

    (A) that we walk   (B) for us walking

    (C) us to walk   (D) for us to walk

( ) 15. He _____ up till eight o'clock.

    (A) got   (B) didn't got   (C) not gets

    (D) will get   (E) didn't get

(　) 16. Mary is ＿＿＿＿ clever ＿＿＿＿ she understands everything.
  (A) such a , that   (B) such an , that
  (C) so , that   (D) so , as
  (E) as , so

(　) 17. Mary was ＿＿＿＿ heavy that her mother would have found it difficult to carry her to the bed.
  (A) such a (B) such   (C) so   (D) too

(　) 18. Some students are not so much concerned with mastering English as with getting a good grade.
  (A) 有些學生學英文，關心的是得分高，而不是求精通。
  (B) 有些學生學英文，只關心升到好班級。
  (C) 有些學生，精通英文，而不關心成績的好壞。
  (D) 有些學生精通英語，因之獲得好的成績。
  (E) 有些學生因欲獲得高分而精通了英語。

(　) 19. Hardly ＿＿＿＿ started when I heard a man call my name.
  (A) did the car   (B) had the car
  (C) the car had   (D) the car did
  (E) was the car

答 案

1.(**C**)	2.(**A**)	3. *can*	4. *as*	5.(**A**)
6.(**A**)	7.(**D**)	8.(**A**)	9.(**B**)	10.(**A**)
11.(**D**)	12.(**D**)	13.(**C**)	14.(**D**)	15.(**E**)
16.(**C**)	17.(**C**)	18.(**A**)	19.(**B**)	

● 公式 *80* ●

《 重要慣用語 》
Don't mention it. 型

　　會話是近年聯考的必然趨勢，而本公式中的成語又是會話中最常用的，因此特別歸爲一類，請同學多加注意。

☐ **Don't mention it**. 不要客氣

"Thank you very much."
"*Don't mention it*."
「非常謝謝你。」
「不客氣。」
＊= You are welcome. = Not at all.
　 = My pleasure.

☐ **Here it is**.
在這裡。

"I wonder where my pen is."
"*Here it is*."
「我不知道我的筆在那裡。」
「在這裡。」
＊物品若爲複數時，就要寫成 Here they are.

☐ **Here we are**.
我們到了。

Here we are! Let's get off the bus.
我們到了！下車吧。
＊通常用在到達目的地時。

☐ **Here you are**.
在這裡。

"Your passport, please."
"*Here you are*."
「請拿出你的護照。」
「在這裡。」

☐ **How about** ～?
～怎麼樣？

How about going to a dance?
去跳舞好不好？
＊常用於徵詢意見，等於 What about ～?

☐ **How do you like ~?**
①~如何？

②要怎麼樣的~？

"***How do you like*** Taipei？"
"I like it very much."
「你覺得台北如何？」
「我很喜歡這個地方。」
"***How do you like*** your steak？"
"Well-done, please."
「您的牛排要怎麼樣的(幾分熟)？」
「全熟。」

☐ **If it had not been for ~**
要不是~

If it had not been for the doctor's quick treatment, he would have died. 要不是醫生的急救，他早就一命嗚呼了。
＊這是與過去事實相反的假設，所以主要子句的動詞要用「過去式助動詞＋ have ＋過去分詞」。

☐ **If it were not for ~**
如果沒有~

If it were not for water and air, nothing could live.
如果沒有水和空氣，萬物都不能生存。
圓 *But for* ; *Without*
＊這是與現在事實相反的假設，所以主要子句的動詞要用「過去式助動詞 ＋ 原形動詞」。

☐ **I hear that ~**
我聽說~

I hear that she went to Europe to study music.
我聽說她到歐洲學音樂。

☐ **It follows that ~**
由~推斷；
當然是

From the evidence ***it follows that*** he is the murder.
由此項證據判斷，他一定就是凶手。
＊It does not follow that (結果)不一定是
They are rich, but ***it does not follow that*** they are happy.
他們很富有，但不一定快樂。

☑ **It is said**
   that ~
   據說～

It is generally *said that* the English
people are conservative.
據一般說法，英國人是保守的。
*= The English people are generally
    said to be conservative.
回 *They(People) say that ~*

☑ **It rains cats**
   and dogs.
   下傾盆大雨

It's raining cats and dogs.
正下著傾盆大雨。

☑ **It's no wonder**
   that ~
   難怪

It's no wonder that she got angry
with me. 難怪她生我的氣。
回 *It is natural that ~*

☑ **It will not be**
   long before ~
   不久～

It will not be long before we can
travel to the moon.
不久我們就能到月球旅行。
* before 所引導的子句，動詞要用現在式。
* before long 不久；一會兒
  The rain will stop *before long*.
  雨不久之後就會停。

☑ **Let me see.**
   讓我想想看。

" Which is the longest river in China? "
" Well, *let me see*."
「哪一條是中國最長的河？」
「嗯，讓我想想。」

☑ **Mind your**
   own business.
   少管閒事。

" Don't smoke too much. "
" *Mind your own business*. "
「不要抽太多煙。」
「少管閒事。」
回 *None of your business.*

☑ **So am I.**
我也是。

"I am thirsty."
"***So am I.***"
「我好渴。」「我也是。」
* 一般動詞時，則依情況改用 do, does 或 did 。
Tom wants to go bowling, and *so does John.* 湯姆要去打保齡球，約翰也是。

☑ **So I am.**
我就是。

"Are you Mary's husband?"
"***So I am.***"
「你是瑪麗的先生嗎？」「我就是。」
* So I am. 是 Yes, I am. 的強調用法。

☑ **That depends.**
視情形而定。

"Do you always go to bed so late at night?"
"***That depends.***"
「你通常都那麼晚上床睡覺嗎？」
「視情形而定。」

☑ **The fact is that ~**
事實上~

He looks like a Japanese, but ***the fact is that*** he is a Chinese.
他看起來像日本人，而事實上他是個中國人。

☑ **What do you say to ~?**
~如何？

What do you say to going on a picnic? 去郊遊如何？
* to 在此作介系詞，故其後不可接原形動詞。

☑ **What is the matter with ~?**
~怎麼了？

What's the matter with your leg?
你的腳怎麼了？
* = Is there anything the matter with your leg?
　= What's wrong with your leg?

❖ 重要試題演練 ❖

( ) 1. In our home, everyone ＿＿＿＿ his own business -- no one had anything to do with anyone else.
    (A) noticed   (B) regarded
    (C) concerned   (D) minded

( ) 2. Waitress : How would you like your steak, sir?
    Customer : ＿＿＿＿＿＿＿＿＿＿＿＿＿＿＿＿＿＿＿
    (A) I want it cooked, please.
    (B) Please roast it.
    (C) I would like it 60% done.
    (D) Medium well, please.

( ) 3. As a result, it is no ＿＿＿＿ that Asian American children usually do a far better job than their classmates.
    (A) truth   (B) magic
    (C) wonder   (D) better

( ) 4. Soon it was raining ＿＿＿＿ .
    (A) cat and dog   (B) cats and dogs
    (C) cats and dog   (D) dogs and cats

( ) 5. Mind your own business.
    (A) 小心照顧你的事業。   (B) 記住你自己的事業。
    (C) 少管閒事。   (D) 要多照顧自己。

( ) 6. 當我們在討論春假旅行時，我提議說：「坐飛機怎麼樣？」
    When we were discussing the trip for the spring vacation, I suggested " [(A) Taking a plane somehow? (B) Taking a plane, anyhow? (C) How about going there by air? (D) How to go there by air?]"

(　) 7. " Here you are. " (選出本句話適用的場合)

    (A) To someone when you come to the end of a journey.

    (B) To someone when you bring him what he is looking for.

    (C) When you want someone to know his mistake.

    (D) When you want someone to stay here.

(　) 8. Oh, boy! Can't you just mind your own business?

    (A) 噢，孩子！你能不管你自己的生意？

    (B) 孩子！你不能自己做自己的事嗎？

    (C) 哎！你不能只管你自己的事嗎？

    (D) 哎呀，孩子！你管得了自己的事嗎？

(　) 9. What is the matter ＿＿＿＿＿ you?

    (A) to   (B) in

    (C) of   (D) with

(　) 10. John : ＿＿＿＿＿＿＿＿＿＿＿＿＿＿＿

    Mary : I felt seasick most of the time.

    John : Oh, that's too bad.

    (A) How did you like your trip to Green Island?

    (B) What's wrong with you?

    (C) What do you say to going to the beach?

    (D) Do you like sea?

―――― 答　案 ――――

1.(**D**)	2.(**D**)	3.(**C**)	4.(**B**)	5.(**C**)
6.(**C**)	7.(**B**)	8.(**C**)	9.(**D**)	10.(**A**)

索 引

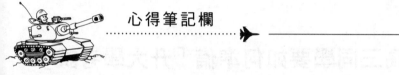

高三同學要如何準備「升大學考試」

　　考前該如何準備「學測」呢？「劉毅英文」的同學很簡單，只要熟讀每次的模考試題就行了。每一份試題都在7000字範圍內，就不必再背7000字了，從後面往前複習，越後面越重要，一定要把最後10份試題唸得滾瓜爛熟。根據以往的經驗，詞彙題絕對不會超出7000字範圍。每年題型變化不大，只要針對下面幾個大題準備即可。

準備「詞彙題」最佳資料：

背了再背，背到滾瓜爛熟，讓背單字變成樂趣。

考前不斷地做模擬試題就對了！

你做的題目愈多，分數就愈高。不要忘記，每次參加模考前，都要背單字、背自己所喜歡的作文。考壞不難過，勇往直前，必可得高分！

練習「模擬試題」，可參考「學習出版公司」最新出版的「7000字學測英文模擬試題詳解」。我們試題的特色是：
①以「高中常用7000字」為範圍。②經過外籍專家多次校對，不會學錯。③每份試題都有詳細解答，對錯答案均有明確交待。

「克漏字」如何答題

　　第二大題綜合測驗（即「克漏字」），不是考句意，就是考簡單的文法。當四個選項都不相同時，就是考句意，就沒有文法的問題；當四個選項單字相同、字群排列不同時，就是考文法，此時就要注意到文法的分析，大多是考連接詞、分詞構句、時態等。克漏字是考生最弱的一環，你難，別人也難，只要考前利用這種答題技巧，勤加練習，就容易勝過別人。

準備「綜合測驗」（克漏字）可參考「學習出版公司」最新出版的「7000字克漏字詳解」。

本書特色：

1. 取材自大規模考試，英雄所見略同。
2. 不超出7000字範圍，不會做白工。
3. 每個句子都有文法分析。一目了然。
4. 對錯答案都有明確交待，列出生字，不用查字典。
5. 經過「劉毅英文」同學實際考過，效果極佳。

「文意選填」答題技巧

　　在做「文意選填」的時候，一定要冷靜。你要記住，一個空格一個答案，如果你不知道該選哪個才好，不妨先把詞性正確的選項挑出來，如介詞後面一定是名詞，選項裡面只有兩個名詞，再用刪去法，把不可能的選項刪掉。也要特別注意時間的掌控，已經用過的選項就劃掉，以免重複考慮，浪費時間。

準備「文意選填」，可參考「學習出版公司」最新出版的「7000字文意選填詳解」。

特色與「7000字克漏字詳解」相同，不超出7000字的範圍，有詳細解答。

「閱讀測驗」的答題祕訣

① 尋找關鍵字——整篇文章中，最重要就是第一句和最後一句，第一句稱為主題句，最後一句稱為結尾句。每段的第一句和最後一句，第二重要，是該段落的主題句和結尾句。從「主題句」和「結尾句」中，找出相同的關鍵字，就是文章的重點。因為美國人從小被訓練，寫作文要注重主題句，他們給學生一個題目後，要求主題句和結尾句都必須有關鍵字。

② 先看題目、劃線、找出答案、標號——考試的時候，先把閱讀測驗題目瀏覽一遍，在文章中掃瞄和題幹中相同的關鍵字，把和題目相關的句子，用線畫起來，便可一目了然。通常一句話只會考一題，你畫了線以後，再標上題號，接下來，你找其他題目的答案，就會更快了。

③ 碰到難的單字不要害怕，往往在文章的其他地方，會出現同義字，因為寫文章的人不喜歡重覆，所以才會有難的單字。

④ 如果閱測內容已經知道，像時事等，你就可以直接做答了。

準備「閱讀測驗」，可參考「學習出版公司」最新出版的「7000字閱讀測驗詳解」，本書不超出7000字範圍，每個句子都有文法分析，對錯答案都有明確交待，單字註明級數，不需要再查字典。

「中翻英」如何準備

可參考劉毅老師的「英文翻譯句型講座實況DVD」，以及「文法句型180」和「翻譯句型800」。考前不停地練習中翻英，翻完之後，要給外籍老師改。翻譯題做得越多，越熟練。

「英文作文」怎樣寫才能得高分？

① 字體要寫整齊，最好是印刷體，工工整整，不要塗改。

② 文章不可離題，尤其是每段的第一句和最後一句，最好要有題目所說的關鍵字。

③ 不要全部用簡單句，句子最好要有各種變化，單句、複句、合句、形容詞片語、分詞構句等，混合使用。

④ 不要忘記多使用轉承語，像 *at present*（現在），*generally speaking*（一般說來），*in other words*（換句話說），*in particular*（特別地），*all in all*（總而言之）等。

⑤ 拿到考題，最好先寫作文，很多同學考試時，作文來不及寫，吃虧很大。但是，如果看到作文題目不會寫，就先寫測驗題，這個時候，可將題目中作文可使用的單字、成語圈起來，寫作文時就有東西寫了。但千萬記住，絕對不可以抄考卷中的句子，一旦被發現，就會以零分計算。

⑥ 試卷有規定標題，就要寫標題。記住，每段一開始，要內縮5或7個字母。

⑦ 可多引用諺語或名言，並注意標點符號的使用。文章中有各種標點符號，會使文章變得更美。

⑧ 整體的美觀也很重要，段落的最後一行字數不能太少，也不能太多。段落的字數要平均分配，不能第一段只有一、兩句，第二段一大堆。第一段可以比第二段少一點。

準備「英文作文」，可參考「學習出版公司」出版的：

英文成語公式
Formulas of English Idioms

售價：180 元

編　　著 / 謝　靜　芳
發　行　所 / 學習出版有限公司　　☎ (02) 2704-5525
郵 撥 帳 號 / 05127272 學習出版社帳戶
登　記　證 / 局版台業 *2179* 號
印　刷　所 / 裕強彩色印刷有限公司
台 北 門 市 / 台北市許昌街 10 號 2 F　☎ (02) 2331-4060
台灣總經銷 / 紅螞蟻圖書有限公司　　☎ (02) 2795-3656
本公司網址 / www.learnbook.com.tw
電 子 郵 件 / learnbook@learnbook.com.tw

2018 年 8 月 1 日新修訂

4713269382928